Viejas historias de Castilla la Vieja

Ediciones Destino
Colección
Áncora y Delfín
Volumen 557

Gramley Library
Salem College
Winston-Salem, NC 27108

© Miguel Delibes
© Ediciones Destino, S.L.
Consejo de Ciento, 425. Barcelona-9
Primera edición en Ediciones Destino: noviembre 1981
ISBN: 84-233-1167-8
Depósito legal: B. 33.629-1981
Impreso por Gráficas Instar, S.A.
Constitución, 19. Barcelona-14
Impreso en España - Printed in Spain

Viejas historias de Castilla la Vieja

1. El pueblo en la cara

Cuando yo salí del pueblo, hace la friolera de cuarenta y ocho años, me topé con el Aniano, *el Cosario*, bajo el chopo del Elicio, frente al palomar de la tía Zenona, ya en el camino de Pozal de la Culebra. Y el Aniano se vino a mí y me dijo: «¿Dónde va el Estudiante?». Y yo le dije: «¡Qué sé yo! Lejos». «¿Por tiempo?» dijo él. Y yo le dije: «Ni lo sé». Y él me dijo con su servicial docilidad: «Voy a la capital. ¿Te se ofrece algo?». Y yo le dije: «Nada, gracias Aniano».

Ya en el año cinco, al marchar a la ciudad para lo del bachillerato, me avergonzaba ser de pueblo y que los profesores me preguntasen (sin indagar antes si yo era de pueblo o de ciudad): «Isidoro, ¿de qué pueblo eres tú?». Y también me mortificaba que los externos se dieran de codo y cuchichearan entre sí: «¿Te has fijado qué cara de pueblo tiene el Isidoro?» o, simplemente, que prescindieran de mí cuando echaban a pies para disputar una partida de zancos o de pelota china y dijeran despectivamente: «Ése no; ése es de pueblo». Y yo ponía buen cuidado por entonces en evitar decir: «Allá en mi pueblo...» o «El día que regrese a mi pueblo», pero a pesar de ello, el Topo, el profesor de Aritmética y Geometría, me dijo una tarde en que yo no acertaba a demostrar que los ángulos de un triángulo valieran dos rectos: «Siéntate, llevas el pueblo escrito en la cara». Y a partir de entonces, el hecho de ser de pueblo se me hacía una desgracia, y yo no podía explicar cómo se cazan gorriones con cepos o colorines con liga, ni que los espárragos, junto al arroyo, brotaran más recio echándoles porquería de caballo, porque mis compañeros me menospreciaban y se reían de mí.

Y toda mi ilusión, por aquel tiempo, estribaba en confundirme con los muchachos de ciudad y carecer de un pueblo que parecía que le marcaba a uno, como a las reses, hasta la muerte. Y cada vez que en vacaciones visitaba el pueblo, me ilusionaba que mis viejos amigos, que seguían matando tordas con el tirachinas y cazando ranas en la charca con un alfiler y un trapo rojo, dijeran con desprecio: «Mira el Isi; va cogiendo andares de señoritingo». Así, en cuanto pude, me largué de allí, a Bilbao, donde decían que embarcaban mozos gratis para el Canal de Panamá y que luego le descontaban a uno el pasaje de la soldada. Pero aquello no me gustó, porque ya por entonces padecía yo del espinazo y me doblaba mal y se me antojaba que no estaba hecho para trabajos tan rudos y, así de que llegué, me puse primero de guardagujas y después de portero en la Escuela Normal y más tarde empecé a trabajar las radios Philips que dejaban una punta de pesos sin ensuciarse uno las manos. Pero lo curioso es que allá no me mortificaba tener un pueblo y hasta deseaba que cualquiera me preguntase algo para decirle: «Allá, en mi pueblo, el cerdo lo matan así, o asao». O bien: «Allá en mi pueblo, los hombres visten traje de pana rayada y las mujeres sayas negras, largas hasta los pies». O bien: «Allá, en mi pueblo, la tierra y el agua son tan calcáreas que los pollos se asfixian dentro del huevo sin llegar a romper el cascarón». O bien: «Allá, en mi pueblo, si el enjambre se larga, basta arrimarle una escriña agujereada con una rama de carrasco para reintegrarle a la colmena». Y empecé a darme cuenta, entonces, de que ser de pueblo era un don de Dios y que ser de ciudad era un poco como ser inclusero y que los tesos y el nido de la cigüeña y los chopos y el riachuelo y el soto eran siempre los mismos, mientras las pilas de ladrillo y los bloques de cemento y las montañas de piedra de la ciudad cambiaban cada

día y con los años no restaba allí un solo testigo del naci-
miento de uno, porque mientras el pueblo permanecía, la ciudad se desintegraba por aquello del progreso y las perspecti-
vas de futuro.

2. Aniano, *el Cosario*

El día que me largué, las Mellizas dormían juntas en la vieja cama de hierro y, al besarlas en la frente, la Clara, que sólo dormía con un ojo y me miraba con el otro, azul, patéticamente inmóvil, rebulló y los muelles chirriaron, como si también quisieran despedirme. A Padre no le dije nada, ni hice por verle, porque me había advertido: «Si te marchas, hazte la idea de que no me has conocido». Y yo me hice la idea desde el principio y amén. Y después de toparme con el Aniano, bajo el chopo del Elicio, tomé el camino de Pozal de la Culebra, con el hato al hombro y charlando con el Cosario de cosas insustanciales, porque en mi pueblo no se da demasiada importancia a las cosas y si uno se va, ya volverá; y si uno enferma, ya sanará; y si no sana, que se muera y que le entierren. Después de todo, el pueblo permanece y algo queda de uno agarrado a los cuetos, los chopos y los rastrojos. En las ciudades se muere uno del todo; en los pueblos, no; y la carne y los huesos de uno se hacen tierra, y si los trigos y las cebadas, los cuervos y las urracas medran y se reproducen es porque uno les dio su sangre y su calor y nada más.

El Aniano y yo íbamos por el camino, y yo le dije al Aniano: «¿Tienes buena hora?». Y él miró para el sol, entrecerrando los ojos, y me dijo: «Aún no dio la media». Yo me irrité un poco: «Para llegar al coche no te fíes del sol» dije. Y él me dijo: «Si es por eso no te preocupes. Orestes sabe que voy y el coche no arranca sin el Aniano». Algo me pesaba dentro y dejé de hablar. Las alondras apeonaban entre los montones de estiércol, en la tierra del tío Tadeo, buscando los terrones más gruesos para encaramarse a ellos, y en el re-codo volaron muy juntas dos codornices. El Aniano dijo: «Si las agarra el Antonio»; mas el Antonio no podía agarrarlas sino con red, en primavera, porque por una codorniz no mal-gastaba un cartucho, pero no dije nada porque algo me pe-saba dentro y ya empezaba a comprender que ser de pueblo en Castilla era una cosa importante. Y así que llegamos al atajo de la Viuda, me volví y vi el llano y el camino polvo-riento zigzagueando por él y, a la izquierda, los tres almen-dros del Ponciano y, a la derecha, los tres almendros del Olimpio, y detrás de los rastrojos amarillos, el pueblo, con la chata torre de la iglesia en medio y las casitas de adobe, como polluelos, en derredor. Eran cuatro casas mal contadas pero era un pueblo, y a mano derecha, según se mira, aún di-visaba el chopo del Elicio y el palomar de la tía Zenona y el bando de palomas, muy nutrido, sobrevolando la última curva del camino. Tras el pueblo se iniciaban los tesos como moles de ceniza, y al pie del Cerro Fortuna, como protegién-dole del matacabras, se alzaba el soto de los Encapuchados donde por San Vito, cuando era niño y Madre vivía, meren-dábamos los cangrejos que Padre sacaba del arroyo y una tortilla de escabeche. Recuerdo que Padre en aquellas merien-das empinaba la bota más de la cuenta y Madre decía: «Deja la bota, Isidoro; te puede hacer mal». Y él se enfadaba. Pa-dre siempre se enfadaba con Madre, menos el día que murió y la vio tendida en el suelo entre cuatro hachones. Aquel día se arrancó a llorar y decía: «No hubo mujer más buena que ella». Luego se abrazó a las Mellizas y las dijo: «Sólo pido al Señor que os parezcáis a la difunta». Y las Mellizas, que eran muy niñas, se reían por lo bajo como dos tontas y se decían: «Fíjate cuánta gente viene hoy por casa».

Sobre la piedra caliza del recodo se balanceaba una pi-

14

caza y es lo último que vi del pueblo, porque Aniano, *el Cosario*, me voceó desde lo alto del teso: «¿Vienes o no vienes? Orestes aguarda, pero se cabrea si le retraso».

3. Las nueces, el autillo y el abejaruco

El tendido de luz desciende del páramo al llano y, antes de entrar en el pueblo, pasa por cima de la nogala de la tía Bibiana. De chico, si los cables traían mucha carga, zumbaban como abejorros y, en estos casos, la tía Marcelina afirmaba que la descarga podía matar a un hombre y cuanto más a un mocoso como yo. Con la llegada de la electricidad, hubo en el pueblo sus más y sus menos y a la Macaria, la primera vez que le dio un calambre, tuvo que asistirla don Lino, el médico de Pozal de la Culebra, de un acceso de histerismo. Más tarde el Emiliano, que sabía un poco de electricidad, se quedó de encargado de la compañía y lo primero que hizo fue fijar en los postes unas placas de hojalata con una calavera y dos huesos cruzados para avisar del peligro. Pero lo más curioso es que la tía Bibiana, desde que trazaron el tendido, no volvió a probar una nuez de su nogala porque decía que daban corriente. Y era una pena porque la nogala de la tía Bibiana era la única del pueblo y rara vez se lograban sus frutos debido al clima. Al decir de don Benjamín, que siempre salía al campo sobre su Hunter inglés seguido de su lebrel de Arabia, semicorbato, con el tarangallo en el collar si era tiempo de veda, las nueces no se lograban en mi pueblo a causa de las heladas tardías. Y era bien cierto. En mi pueblo las estaciones no tienen ninguna formalidad y la primavera y el verano y el otoño y el invierno se cruzan y entrecruzan sin la menor consideración. Y lo mismo puede arreciar el bochorno en febrero que nevar en mayo. Y si la helada viene después de San Ciriaco, cuando ya los árboles tienen yemas, entonces se ponen como chamuscados y al que le coge ya no le queda sino aguardar al año que viene. Pero la tía Bibiana era tan terca que aseguraba que la flor de la nogala se chamuscaba por la corriente, pese a que cuando en el pueblo aún nos alumbrábamos con candiles ya existía la helada negra. En todo caso, durante el verano, el autillo se asentaba sobre la nogala y pasaba las noches ladrando lúgubremente a la luna. Volaba blandamente y solía posarse en las ramas más altas y si la luna era grande sus largas orejas se dibujaban a contraluz. Algunas noches los chicos nos apostábamos bajo el árbol y cuando él llegaba le canteábamos y él entonces se despegaba de la nogala como una sombra, sin ruido, pero apenas remontaba lanzaba su «quiú, quiú», penetrante y dolorido como un lamento. Pese a todo nunca supimos en el pueblo dónde anidaba el autillo, siquiera don Benjamín afirmara que solía hacerlo en los nidos que abandonaban las tórtolas y las urracas, seguramente en el soto, o donde las chovas, en las oquedades del campanario.

Con el tendido de luz, aparecieron también en el pueblo los abejarucos. Solían llegar en primavera volando en bandos diseminados y emitiendo un gargarismo cadencioso y dulce. Con frecuencia yo me tumbaba boca arriba junto al almorrón, sólo por el placer de ver sus colores brillantes y su vuelo airoso, como de golondrina. Resistían mucho y cuando se posaban lo hacían en los alambres de la luz y entonces cesaban de cantar, pero a cambio, el color castaño de su dorso, el verde iridiscente de su cola y el amarillo chillón de la pechuga fosforecían bajo el sol con una fuerza que cegaba. Don Justo del Espíritu Santo, el cura párroco, solía decir desde el púlpito que los abejarucos eran hermosos como los arcángeles, o que los arcángeles eran hermosos como los abejarucos, según le viniera a pelo una cosa o la otra, lo que no quita para que el Antonio, por distraer la inercia de la veda, abatiese uno un día con la carabina de diez milímetros. Luego se lo dio a disecar a Valentín, el secretario, y se lo envió por Navidades, cuidadosamente envuelto, a la tía Marcelina, a quien, por lo visto, debía algún favor.

4. La Pimpollada del páramo

Todo eso es de la parte de poniente, camino de Pozal de la Culebra. De la parte del naciente, una vez que se sube por las trochas al Cerro Fortuna, se encuentra uno en el páramo. El páramo es una inmensidad desolada, y el día que en el cielo hay nubes, la tierra parece el cielo y el cielo la tierra, tan desamueblado e inhóspito es. Cuando yo era chaval, el páramo no tenía principio ni fin, ni había hitos en él, ni jalones de referencia. Era una cosa tan ardua y abierta que sólo de mirarle se fatigaban los ojos. Luego, cuando trajeron la luz de Navalejos, se alzaron en él los postes como gigantes escuálidos y, en invierno, los chicos, si no teníamos mejor cosa que hacer, subíamos a romper las jarrillas con los tiragomas. Pero, al parecer, cuando la guerra, los hombres de la ciudad dijeron que había que repoblar, que si en Castilla no llovía era por falta de árboles, y que si los trigos no medraban era por falta de lluvia y todos, chicos y grandes, se pusieron a la tarea, pero, pese a sus esfuerzos, el sol de agosto calcinaba los brotes y, al cabo de los años, apenas arraigaron allí media docena de pinabetes y tres cipreses raquíticos. Mas en mi pueblo están tan hechos a la escasez que ahora llaman a aquello, un poco fatuamente, la Pimpollada. Mas, antes de ser aquello la Pimpollada y antes de traer la luz de Navalejos, Padre solía subir a aquel desierto siempre que se veía forzado a adoptar alguna resolución importante. Don Justo del Espíritu Santo, el señor cura, que era compañero de seminario de mi tío Remigio, el de Arrabal de Alamillo, decía de Padre que hacía la del otro y al preguntarle quién era el otro, él respondía invariablemente que Mahoma. Y en el pueblo le decían Mahoma

21

a Padre aunque nadie, fuera de mí y quizá don Benjamín que tenía un Hunter inglés para correr las liebres, sabía allí quién era Mahoma. Yo me sé que Padre subió varias veces al páramo por causa mía, aunque en verdad yo no fuera culpable de sus disgustos, pues el hecho de que no quisiera estudiar ni trabajar en el campo no significaba que yo fuera un holgazán. Yo notaba en mi interior, desde chico, un anhelo exclusivamente contemplativo y tal vez por ello nunca me interesó el colegio, ni me interesó la petulancia del profesor, ni el tablero donde dibujaba con tizas de colores las letras y los números. Y un domingo que Padre se llegó a la capital para sacarme de paseo, se tropezó en el patio con el Topo, mi profesor, y fue y le dijo: «¿Qué?». Y el maestro respondió: «Malo. De ahí no sacaremos nada; lleva el pueblo escrito en la cara». Para Padre aquello fue un mazazo y se diría por sus muecas y aspavientos y el temblorcillo que le agarraba el labio inferior que le había proporcionado la mayor contrariedad de su vida.

Por el verano él trataba de despertar en mí el interés y la afición por el campo. Yo miraba a los hombres hacer y deshacer en las faenas y Padre me decía: «Vamos, ven aquí y echa una mano». Y yo echaba, por obediencia, una mano torpe e ineficaz. Y él me decía: «No es eso, memo. ¿Es que no ves cómo hacen los demás?». Yo sí lo veía y hasta lo admiraba porque había en los movimientos de los hombres del campo un ritmo casi artístico y una eficacia palmaria, pero me aburría. Al principio pensaba que a mí me movía el orgullo y un mal calculado sentimiento de dignidad, pero cuando me fui conociendo mejor me di cuenta de que no había tal sino una vocación diferente. Y al cumplir los catorce, Padre me subió al páramo y me dijo: «Aquí no hay testigos. Reflexiona: ¿quieres estudiar?». Yo le dije: «No». Me dijo: «¿Te gusta el campo?». Yo le dije: «Sí». Él dijo: «¿Y trabajar en el campo?». Yo le dije: «No». Él entonces me sacudió el polvo en forma y, ya en casa, soltó al *Coqui* y me tuvo cuarenta y ocho horas amarrado a la cadena del perro sin comer ni beber.

5. Los hermanos Hernando

El páramo de Lahoces desciende suavemente hacia Villa-lube del Pan y desde mi pueblo tiene dos accesos —uno por delante del cerro y otro por detrás— por los que sólo puede subirse a uña de caballo. De la parte de mi pueblo el cueto queda flotando sobre los rastrojos y cuando le da la luz de cierta manera se pone turbio y agrisado como una ballena. Y a pesar de que el páramo queda más próximo de Villalube del Pan que de mi pueblo, las tierras son nuestras y pertenecían cuando yo era chico a los hermanos Hernando. Hernando Hernando, el mayor de los tres, regentaba además la cantina del pueblo y despachaba un clarete casi incoloro que enga-ñaba la vista porque bastaban tres vasos para apañar una borrachera. El vino ése le pisaban en los lagares de Marcha-malo, a tres leguas de mi pueblo, y, al decir de los entendi-dos, no era recio tan sólo por las uvas de sus bacillares, un verdejo sin pretensiones, sino porque los mozos trituraban la uva sin lavarse, con la acritud del sudor y del polvo aún agarrada a los pies. Bueno, pues los hermanos Hernando lim-piaron el páramo de cascajo y luego sembraron el trigo en ce-rros, como es de ley, pero a los pocos años lo sembraron a manta y recogieron una cosecha soberana. Y todos en el pue-blo querían conocer el secreto porque el trigo sembrado a manta cunde más, como es sabido, y nadie podía imaginar cómo con una huebra y un arado romano corriente y mo-liente se consiguiera aquel prodigio. Mas, los hermanos Her-nando eran taciturnos y reservones y no despegaban los la-bios. Y al llegar el otoño ascendían con sus aperos por la ve-reda sur y, como eran tres, según subían por el sendero, parecían los Reyes Magos. Una vez allí, daban vuelta a la tierra para que la paja pudriera y se orease la tierra. Luego binaban en primavera como si tal cosa, pero lo que nadie se explicaba es cómo se arreglaban para cubrir la semilla sin cachear los surcos. Y si alguno pretendía seguirles, Norberto, el menor de los tres, disparaba su escopeta desde el arado y, según decían, tiraba a dar.

En todo caso, la ladera del cerro es desnuda e inhóspita y apenas si con las lluvias de primavera se suaviza un tanto su adustez debido a la salvia y el espliego. Por la ladera aquella, que ignoro por qué la llaman en el pueblo la Lanzadera, se veían descender en el mes de agosto las polladas de perdiz a los rastrojos. Los perdigones andaban tan agudos que se diría que rodaban. Caminaban en fila india, la perdiz grande en cabeza, acechando cualquier improviso, mientras los perdigones descendían confiados, trompicando de vez en cuando en algún guijarro, piando torpemente, incipientemente, como gorriones. Luego, al ponerse el sol, regresaban al páramo con los buches llenos, de nuevo en rigurosa fila india, y allí en lo alto, en las tierras de los hermanos Hernando, pernoctaban.

Silos, el pastor, era más perjudicial para la caza que el mismo raposo, según decía el Antonio. Silos, el pastor, buscaba los nidos de perdiz con afán, y por las noches se llegaba con los huevos a la cantina de Hernando Hernando y se merendaba una tortilla. Una vez descubrió en la cárcava un nido con doce huevos y ese día bajó al pueblo más locuaz que de costumbre. El Antonio se enteró y se llegó a la cantina y, sin más, agarró la tortilla y la tiró al aire y le voceó al pastor: «Anda, cázala al vuelo. Así es como hay que cazar las perdices, granuja». El Silos se quedó, al pronto, como paralizado, pero en seguida se rehízo y le dijo al Antonio: «Lo que te cabrea es que te gane por la mano, pero el día que mates tú una hembra te la vas a comer con plumas». Después se puso a cuatro patas y engulló la tortilla sin tocarla con la mano siquiera, como los perros. Cuando el Antonio se fue, el Silos se echó al coleto tres tragos de clarete de Marchamalo y sentó cátedra sobre lo justo y lo injusto y decía: «Si él mata una hembra de perdiz, yo no puedo protestar aunque me deja sin huevos, pero si yo me como los huevos, él protesta porque le dejo sin perdices. ¿Qué clase de justicia es ésta?».

6. El teso macho de Fuentetoba

La tía Marcelina no es de mi pueblo, sino de Fuentetoba, una aldea a cuatro leguas. Tanto da, creo yo, porque Fuentetoba se asemeja a mi pueblo como un huevo a otro huevo. Fuentetoba tiene cereales, alcores, cardos, avena loca, cuervos, chopos y arroyo cangrejero como cualquier pueblo que se precie. No obstante, Fuentetoba ofrece dos particularidades: los chopos están flacos como esqueletos y sobre el pueblo hay un teso que no es redondo, sino arisco y con la cresta erguida como si fuera un teso macho, un teso de pelea. A este teso, que está siempre de vigilia sobre la aldea medio escondida entre los chopos y la tierra, le dicen allí la Toba. Y la Toba, en contra de lo que es frecuente en la región, no es de tierra calcárea, sino de piedra, una piedra mollar e ingrávida que se divide con el serrucho como el queso y que se utiliza en la comarca para que los pájaros enjaulados se afilen bien el pico frotándose con ella.

Con la tía Marcelina ocurrió en casa algo muy chocante. En realidad, la tía Marcelina era tía nuestra por parte de madre y yo pensaba que siempre fuera tan viejecita y desmedrada como la conocí, aunque Padre asegurara otra cosa. Mas, así y todo, tenía una sonrisa infantil y bondadosa y era ella la única vieja soltera del pueblo que tenía el valor de sonreír así. Yo la apreciaba y ella me quería a mí también. En su casa todo era orden y pulcritud y frescura y silencio. Y Padre decía que su casa era como una tumba, pero si las tumbas son así no debe de ser cosa mala estar muerto. La tía Marcelina coleccionaba hojas, mariposas, piedrecitas y las conservaba con los colores tan vivos y llameantes que hacía el efecto de que las había empezado a reunir ayer.

A mí, de chico, lo que me encantaba era el abejaruco disecado que le regalara el Antonio, allá por la Navidad del año ocho, cuyo plumaje exhibía todos los colores del arco iris y más. La tía Marcelina lo tenía en la cómoda de su alcoba junto a una culebra de muelles dorados que al agarrarla tras la cabeza movía nerviosamente la cola como si estuviera viva y furiosa. Muchas veces yo me extasiaba ante el abejaruco disecado o prendía a la culebra tras la cabeza para hacerla colear. En esos casos la tía Marcelina me miraba complacida y decía: «¿Te gusta?». Yo contestaba: «Más que comer con los dedos, tía». Y ella decía: «Tuyo será». O bien: «Tuya será». Padre me advertía: «Antes tendrá que morir ella». Y esta condición me ponía triste y como pesaroso de desear aquello con toda el alma.

También Padre apreciaba mucho a la tía Marcelina y siempre que recogíamos los frutos tempranos hacía un apartadijo y me decía: «Esto se lo llevas a tu tía». Y en septiembre, las primeras perdices que se mataban en las laderas vecinas eran para la tía, y para la tía eran las brevas de mayo y las sandías tempranas de agosto. Y una vez que fuimos a la capital, Padre me compró una postal de colores con dos enamorados bajo una parra y me dijo que se la enviase a la tía, a pesar de que nosotros llegábamos en el coche de Pozal de la Culebra al mismo tiempo.

Pero mi pueblo es tierra muy sana y, por lo que dicen, hay más longevos en él que en ninguna parte, y el año once la tía Marcelina cumplió noventa y dos. Padre dijo en el jorco que se armó tras el refresco: «Está más agarrada que una encina». Y Madre dijo enfadada: «¿Es que te estorba?». Pero a las pocas semanas a la tía Marcelina le dio un temblor, empezó a consumirse y se marchó en ocho días. En el testamento dejaba todos sus bienes a las monjas del Pino y Padre, al enterarse, se subía por las paredes y llamaba a la difunta cosas atroces, incluso hablaba de reclamar judicialmente contra las monjas y exigirlas, al menos, el importe de tantas perdices y de tantos frutos tempranos y de la postal de los novios bajo la parra que yo la envié desde la ciudad. Pero como no tenía papeles se aguantó y yo, al pensar en lo que habría sido del hermoso abejaruco, sentía que me temblaban los párpados y había de esforzarme para no llorar.

7. Las cangrejadas de San Vito

El arroyo Moradillo nace en la Fuente de la Salud, discurre por la chopera, que en mi pueblo llamamos los Encapuchados, y se lanza luego perezosamente entre dos murallas de carrizos y espadañas camino de Malpartida. Poco más allá tengo entendido que vierte en el arroyo Aceitero; las aguas de éste van a desembocar en las del Sequillo, cerca de Belver de los Montes; las del Sequillo engrosan después las del Valderaduey, y las del Valderaduey, por último, se juntan con las del Duero justamente en la capital. Como es sabido, las aguas del Duero vierten en el Atlántico, junto a Oporto, lo que quiere decir que en mi pueblo, de natural sedentario, hay alguien que viaja y éstas son las aguas de la Fuente de la Salud que, según dicen, tienen excelentes propiedades contra los eczemas, los forúnculos, el psoriasis y otras afecciones de la piel, aunque lo cierto es que la vez que a Padre le brotó un salpullido en la espalda y se bañó en las aguas del Moradillo lo único que sacó en limpio fue una.pulmonía. Sea de ello lo que quiera, mi pueblo es un foco de peregrinaje por este motivo, peregrinaje que se incrementó cuando la joven Sisinia, de veintidós años, hija del Telesforo y la Herculana, fue ultrajada por un bárbaro, allá por el año nueve, y murió por defender su doncellez. Don Justo del Espíritu Santo, el cura párroco, se obstinó en canonizarla y elevarla a los altares, y en ésas andan metidos en el pueblo todavía. Pero ése es otro cantar.

Tengan o no tengan eficacia las aguas del Moradillo contra las afecciones de la piel, lo que está fuera de duda es que es un regato cangrejero y que, allá por el comienzo del siglo, con un esparavel y cuatro apaleadores llenaba uno, en una tarde que saliera el norte, tres o cuatro sacos con poco esfuerzo. Por entonces las cosas no estaban reglamentadas con rigor y uno podía pescar cangrejos con reteles, como es de ley, o con araña, esparavel o sencillamente a mano, mojándose el culo, como dice el refrán que debe hacer el que quiera comer peces. Lo cierto es que por San Vito, según es tradición, las familias del pueblo nos desperdigábamos por el arroyo a pescar cangrejos y al atardecer nos reuníamos en los Encapuchados a merendar. Cada cual tenía su sector designado en las riberas, y Madre, Padre, las Mellizas, la tía Marcelina y yo nos instalábamos junto a los siete chopos rayanos al soto que en el pueblo les dicen, no sé por qué, los Siete Sacramentos. Una vez allí, Padre depositaba cuidadosamente los reteles en los remansos más profundos, apartando los carrizos con la horquilla. Padre solía cebar con tasajo, pero si las cosas venían mal me entregaba la azuela y me hacía cavar en la tierra húmeda para buscar lombrices. Los cangrejos rara vez desdeñan este cebo. En cambio, el Ponciano cebaba los reteles con patatas fritas, y Valentín, el secretario, con bazo de caballo, y aún había quien lo hacía, como don Justo del Espíritu Santo, el cura párroco, con corteza de pan de centeno. Los más vivos, sin duda, eran los hermanos Hernando, los de la tierra del páramo de Lahoces, que colocaban el esparavel y después apaleaban las aguas de su sector hasta que la red se llenaba de cangrejos. Al anochecer, en el soto, cada cual los cocinaba en hogueras a su modo y los chicos hacíamos silbatos con las patas más gruesas debidamente ahuecadas. Recuerdo que Madre poseía una receta que venía de mi bisabuela y que consistía en poner los cangrejos a la lumbre vivos con un dedo de aceite y un puño de sal gorda y cuando los animales entraban en la agonía les echaba un ajo triturado con el puño. La fórmula no tenía otro secreto que acertar con la rociada de vinagre justo en el momento en que los cangrejos comenzaban a enrojecer. Pero la fiesta en el soto terminaba mal por causa de Padre, que siempre empinaba la bota más de la cuenta, y ya es sabido que el clarete de Marchamalo es traicionero y en seguida se sube a la cabeza.

8. La Sisinia, mártir de la pureza

Mi pueblo, visto de perfil, desde el camino que conduce a Molacegos del Trigo, flanqueado por los postes de la luz que bajan del páramo, queda casi oculto por la Cotarra de las Maricas. La Cotarra de las Maricas es una lomilla de suave ondulación que, sin embargo, no parece tan suave a los agosteros que durante el verano acarrean los haces de trigo hasta las eras. Pues bien, a la espalda de la Cotarra de las Maricas, a cien metros escasos del camino de Molacegos del Trigo, fue apuñalada la joven Sisinia, de veintidós años, hija del Telesforo y la Herculana, una noche de julio allá por el año nueve. El asesino era un forastero que se trajo don Benjamín de tierras de Ávila para hacer el agosto y que, según dijeron luego, no andaba bien de la cabeza. Lo cierto es que, ya noche cerrada, el muchacho atajó a la Sisinia y se lo pidió, y, como la chica se lo negara, él trató de forzarla, y, como la chica se resistiera, él tiró de navaja y la cosió a puñaladas. Al día siguiente, en el lugar donde la tierra calcárea estaba empapada de sangre, don Justo del Espíritu Santo levantó una cruz de palo e improvisó una ceremonia en la que se congregó todo el pueblo con trajes domingueros y los niños y las niñas vestidos de Primera Comunión. Don Justo del Espíritu Santo asistió revestido y, con voz tomada por la emoción, habló de la mártir Sisinia y de lo grato que era al Altísimo el sacrificio de la pureza. Al final, le brillaban los ojos y dijo que no descansaría hasta ver a la mártir Sisinia en las listas sagradas del Santoral.

Un mes más tarde brotaron en torno de la cruz de palo unas florecitas amarillas y don Justo del Espíritu Santo atri-

37

buyó el hecho a inspiración divina y cuando el Antonio le hizo ver que eran las quitameriendas que aparecen en las eras cuando finaliza el verano, se irritó con él y le llamó ateo y renegado. Y con estas cosas, el lugar empezó a atraer a las gentes y todo el que necesitaba algo se llegaba a la cruz de palo y se lo pedía a la Sisinia, llamándola de tú y con la mayor confianza. En el pueblo se consideraba un don especial esto de contar en lo alto con una intercesora natural de Rolliza del Arroyo, hija del Telesforo y de la Herculana. Y por el día, los vecinos le llevaban flores y por las noches le encendían candelitas de aceite metidas en fanales para que el matacabras no apagase la llama. Y lo cierto es que cada primavera las florecillas del campo familiares en la región —las margaritas, las malvas, las campanillas, los sonidos, las amapolas— se apretaban en torno a la cruz como buscando amparo y don Justo del Espíritu Santo se obstinaba en buscar un significado a cada una, y así decía que las margaritas, que eran blancas, simbolizaban la pureza de la Sisinia, las amapolas, que eran rojas, simbolizaban el sacrificio cruento de la Sisinia, la malvas, que eran malvas, simbolizaban la muerte de la Sisinia, pero al llegar a los sonidos, que eran amarillos, el cura siempre se atascaba, hasta que una vez, sin duda inspirado por la mártir, don Justo del Espíritu Santo afirmó que los sonidos, que eran amarillos, simbolizaban el oro a que la Sisinia renunció antes que permitir ser mancillada. En el pueblo dudábamos mucho que el gañán abulense le ofreciese oro a la Sisinia e incluso estábamos persuadidos de que el muchacho era un pobre perturbado que no tenía donde caerse muerto, pero don Justo del Espíritu Santo puso tanta unción en sus palabras, un ardor tan violento y tan desusado, que la cosa se admitió sin la menor objeción. Aquel mismo año, aprovechando las solemnidades de la Cuaresma, don Justo del Espíritu

Santo creó una Junta pro Beatificación de la mártir Sisinia, a la que se adhirió todo el pueblo a excepción de don Armando y el tío Tadeo, y empezó a editar una hojita en la que se especificaban los milagros y las gracias dispensadas por la muchacha a sus favorecedores.

9. Las murallas de Ávila

Don Justo del Espíritu Santo publicaba trimestralmente la hojita en loor de la mártir Sisinia y en ella dejaba constancia de los favores recibidos. Y un buen día, la tía Zenona afirmaba en ella que careciendo de dinero para retejar el palomar acudió a la mártir Sisinia y al día siguiente cobró tres años de atrasos de la renta de una tierra, que aunque menguada —un queso de oveja y seis celemines de trigo— le bastaron para adquirir la docena de tejas que el palomar requería. Otro día, era el Ponciano quien, necesitando un tornillo para el arado, halló uno en el pajero, que aunque herrumbroso y torcido pudo ser dispuesto por el herrero para cumplir su misión. Dicha gracia la alcanzó igualmente el Ponciano después de encomendar el caso a la mártir Sisinia. En otra ocasión, fue la tía Marcelina, quien, después de pasar una noche con molestias gástricas, imploró de la mártir Sisinia su restablecimiento y de madrugada vomitó verde y con el vómito desapareció el mal. Aún recuerdo que en la hojita del último trimestre del año once, el Antonio agradecía a la mártir Sisinia su intercesión para encontrar una perdiz alicorta que se le amonó entre las jaras, arriba en Lahoces, una mañana que salió al campo sin el *Chinda*, un perdiguero de Burgos que por entonces andaba con el moquillo. Todas estas gracias significaban que la joven Sisinia, mártir de la pureza, velaba desde arriba por sus convecinos y ellos correspondían enviando al párroco un donativo de diez céntimos y en casos especiales, de un real, para cooperar a su beatificación. Mas don Justo del Espíritu Santo suplicaba al Señor que mostrase su predilección por la mártir Sisinia, autorizándola a hacer un milagro grande, un milagro sonado, que trascendiera de la esfera local.

Y un día de diciembre, allá por el año doce, don Justo del Espíritu Santo recibió desde Ávila un donativo de 25 pesetas de una señora desconocida para cooperar a la exaltación a los altares de la mártir Sisinia a quien debía una gracia muy especial. Como quiera que el asesino de la Sisinia fuera también abulense, don Justo del Espíritu Santo estableció entre ambos hechos una correlación y en la confianza de que se tratase del tan esperado milagro, el cura marchó a Ávila y regresó tres días más tarde un tanto perplejo. Los feligreses le asediaban a preguntas, y, al fin, don Justo del Espíritu Santo explicó que doña María Garrido tenía un loro de Guinea que enmudeció tres meses atrás y después de ser desahuciado por los veterinarios y otorrinolaringólogos de la ciudad, el animal recobró el habla tras encomendarle doña María a la mártir Sisinia. No obstante fracasar en su objetivo esencial, el viaje de don Justo del Espíritu Santo le enriqueció interiormente, ya que a partir de entonces, raro fue el sermón en que el párroco no apelara a la imagen de las murallas de Ávila para dar plasticidad a una idea. Así, unas murallas como las de Ávila debían preservar las almas de sus feligreses contra los embates de la lujuria. El paraíso estaba cercado por unas murallas tan sólidas como las de Ávila, y con cada buena obra los hombres añadían un peldaño a la escala que les serviría para expugnar un día la fortaleza. La pureza, al igual que las demás virtudes, debía celarse como Ávila cela sus tesoros, tras una muralla de piedra, de forma que su brillo no trascienda al exterior. Fue a partir de entonces cuando, en mi pueblo, para aludir a algo alto, algo grande, algo fuerte o algo importante empezó a decirse: «Más alto que las murallas de Ávila», o «Más importante que las murallas de Ávila», aunque por supuesto ninguno, fuera del párroco y del gañán que asesinara a la Sisinia, estuvimos nunca en aquella capital.

10. Los nublados de Virgen a Virgen

Cada verano, los nublados se cernían sobre la llanura y mientras el cielo y los campos se apagaban lo mismo que si llegara la noche, los cerros resplandecían a lo lejos como si fueran de plata. Aún recuerdo el ulular del viento en el soto, su rumor solemne y desolado como un mal presagio que inducía a las viejas a persignarse y exclamar: «Jesús, alguien se ha ahorcado». Pero antes de estancarse la nube sobre el pueblo, cuando más arreciaba el vendaval, los vencejos se elevaban en el firmamento hasta casi diluirse y después picaban chirriando sobre la torre de la iglesia como demonios negros.

El año de la Gran Guerra, cuando yo partí, se contaron en mi pueblo, de Virgen a Virgen, hasta veintiséis tormentas. En esos casos el alto cielo se poblaba de nubes cárdenas, aceradas en los bordes y, al chocar unas con otras, ocasionaban horrísonas descargas sobre la vieja iglesia o sobre los chopos cercanos.

Tan pronto sonaba el primer retumbo del trueno, la tía Marcelina iniciaba el rezo del trisagio, pero antes encendía a Santa Bárbara la vela del Monumento en cuyo extremo inferior constaba su nombre en rojo —Marcelina Yáñez— que ella grababa con un alfiler de cabeza negra pasando después cuidadosamente por las muescas un pellizco de pimentón. Y al comenzar el trisagio, la tía Marcelina, tal vez para acrecentar su recogimiento, ponía los ojos en blanco y decía: «Santo Dios, Santo Fuerte, Santo Inmortal». Y nosotros repetíamos: «Líbranos Señor de todo mal». En los cristales repiqueteaba la piedra y por las juntas de las puertas penetraba el vaho de la greda húmeda. De vez en cuando sonaba algún trueno más potente y al *Coqui*, el perro, se le erizaban los pelos del espinazo y la tía Marcelina interrumpía el trisagio, se volvía a la estampa de santa Bárbara e imploraba: «Santa Bárbara bendita, que en el cielo estás escrita, con jabón y agua bendita», y, acto seguido, reanudaba el trisagio: «Santo Dios, Santo Fuerte, Santo Inmortal», y nosotros respondíamos al unísono: «Líbranos Señor de todo mal».

Una vez, el nublado sorprendió a Padre de regreso de Pozal de la Culebra, donde había ido, en la mula ciega, por pernalas para el trillo. Y como dicen que la piel de los animales atrae las exhalaciones, todos en casa, empezando por Madre, andábamos intranquilos. Únicamente la tía Marcelina parecía conservar la serenidad y así, como si la cosa no fuese con ella, prendió la vela a santa Bárbara e inició el trisagio sin otras explicaciones. Pero, de pronto, chascó, muy próximo, el trallazo del rayo y no sé si por la trepidación o qué, la vela cayó de la repisa y se apagó. La tía Marcelina se llevó las manos a los ojos, después se santiguó y dijo, pálida como una difunta: «Al Isidoro le ha matado el rayo en el alcor; acabo de verlo». El Isidoro era mi padre, y Madre se puso loca, y como en esos casos, según es sabido, lo mejor son los golpes, entre las Mellizas y yo empezamos a propinarle sopapos sin duelo. De repente, en medio del barullo, se presentó Padre, el pelo chamuscado, los ojos atónitos, el collarón de la mula en una mano y el saco de pernalas en la otra. Las piernas le temblaban como ramas verdes y sólo dijo: «Ni sé si estoy muerto o vivo», y se sentó pesadamente sobre el banco del zaguán.

Una vez que la nube pasó y sobre los tesos de poniente se tendió el arco iris, me llegué con los mozos del pueblo a los chopos que dicen los Enamorados y allí, al pie, estaba muerta la mula, con el pelo renegrido y mate, como mojado. Y el

Olimpio, que todo lo sabía, dijo: «La silla le ha salvado».
Pero la tía Marcelina porfió que no era la silla sino la vela y
aunque era un cabo muy pequeño, donde apenas se leía ya en
las letras de pimentón: «elina Yáñez», la colocó como una re-
liquia sobre la cómoda, entre el abejaruco disecado y la culebra de muelles.

11. A la sombra de los Enamorados

Al pie del cerro que decimos el Pintao —único en mi pueblo que admite cultivos y que ofrece junto a yermos y perdidos redondas parcelas de cereal y los pocos majuelos que perviven en el término— se alzan los chopos que desde remotos tiempos se conocen con el nombre de los Enamorados. Y no cabe duda, digan lo que quieran los botánicos, que los árboles en cuestión son macho y hembra. Y están siempre juntos, como enlazados, ella —el chopo hembra— más llena, de formas redondeadas, recostándose dulcemente en el hombro de él —el chopo macho— desafiante y viril. Allí, al pie de esos chopos, fue donde la exhalación fulminó a la mula ciega de Padre el año de los nublados. Y allí, al pie de esos chopos, es donde se han forjado las bodas de mi pueblo en las cinco últimas generaciones. En mi pueblo, cuando un mozo se dirige a una moza con intención de matrimonio, basta con que la siente a la sombra de los chopos para que ella diga «sí» o «no». Esta tradición ha terminado con las declaraciones amorosas que en mi pueblo, que es pueblo de tímidos, constituían un arduo problema. Bien es verdad que, a veces, de la sombra de los Enamorados sale una criatura, pero ello no entorpece la marcha de las cosas, pues don Justo del Espíritu Santo nunca se negó a celebrar un bautizo y una boda al mismo tiempo. En mi pueblo, digan lo que digan las malas lenguas, se conserva un concepto serio de la dignidad, y el sentido de la responsabilidad está muy aguzado. Según decía mi tía Marcelina, en sus noventa y dos años de vida no conoció un mozo que, a sabiendas, dejara en mi pueblo colgada una barriga. Pocos pueblos, creo yo, podrán competir con esta estadística.

Cuando yo hablé —y es un decir— con la Rosa Mari, la muchacha que desde niña me recomendara la tía Marcelina, visité con frecuencia los Enamorados. Fue una tontería, porque la Rosa Mari jamás me gustó del todo. Pero la Rosa Mari era una chiquilla limpia y hacendosa que a la tía Marcelina la llenaba el ojo. La tía Marcelina me decía: «Has de buscar una mujer de su casa». Y luego, como quien no quiere la cosa, añadía: «Ve, ahí tienes a la Rosa Mari. El día que seas mozo debes casarte con ella». De este modo, desde chico me sentí comprometido y al empezar a pollear me sentí en la obligación de pasear a la Rosa Mari.

Y como nunca tuve demasiada imaginación, el primer día que salimos la llevé a los Enamorados. Para mi fortuna la sombra de los chopos estaba aquel día ocupada por el Corpus y la Lucía, y la Rosa Mari no tuvo oportunidad de decirme «sí» o «no». Al otro día que lo intenté, el Agapito me ganó también por la mano y en vista de ello seguimos hasta el majuelo del tío Saturio, donde al decir del Antonio solía encamar el matacán. Esto del matacán tiene también su importancia, pues en el pueblo llegaron a decir que en él se encarnaba el demonio, aunque yo siempre lo puse en duda. Sea como quiera, cada vez que conducía a la Rosa Mari a la sombra de los Enamorados alguien se me había anticipado de forma que, pese a mis propósitos, nunca llegué a adquirir con ella un verdadero compromiso. Ahora pienso si no sería la mártir Sisinia la que velaba por mí desde las alturas, porque aunque la Rosa Mari era una buena chica, y hacendosa y hogareña como la tía Marcelina deseaba, apenas sabía despegar los labios, y entre eso y que yo no soy hablador nos pasábamos la tarde dándonos palmetazos para ahuyentar los tábanos y los mosquitos. Por eso cuando decidí marchar del pueblo, el recuerdo de la Rosa Mari no me frenó, siquiera pienso algunas veces que si yo no me casé allá, cuando amasé una punta de pesos, se debiera antes que nada al recuerdo de la Rosa Mari. Por más que tampoco esto sea cierto, que si yo no me casé allá es porque desde que salí del pueblo tan sólo me preocupé de afanar y amontonar plata para que, a la postre, el diablo se la lleve.

12. El matacán del majuelo

El matacán del majuelo del tío Saturio llegó a ser una obsesión en el pueblo. El matacán, como es sabido, es una liebre que se resabia y a fuerza de carreras y de años enmagrece, se la desarrollan las patas traseras, se la aquilla el pecho y corta el viento como un dalle. Por otra parte, la carne del matacán no es codiciada, ya que el ejercicio la endurece, el sabor a bravío se acentúa y por lo común no hay olla que pueda con ella. Esto quiere decir que el afán por cazar el matacán no lo inspiraba la apetencia de la presa sino que era una simple cuestión de amor propio. La liebre aquella se diría que tenía inteligencia, y sabedora que en el pueblo había buenos galgos, encamaba siempre en el majuelo del tío Saturio. De esta forma, cuando el galguero la arrancaba, sus fintas y quiebros entre las cepas le daban una ventaja inicial que luego incrementaba en el Otero del Cristo, ya que las liebres, como es sabido, corren mejor cuesta arriba que cuesta abajo. El matacán regateaba muy por lo fino y así que alcanzaba las pajas de la vaguada podía darse por salvado, ya que las laderas del Otero del Cristo la conducían al perdedero y, en fin de cuentas, a la libertad. De otro lado, si el Antonio o el Norberto le acechaban con la escopeta, el matacán se reprimía si el majuelo tenía hoja o se arrancaba largo si no la tenía, y en uno u otro caso, tanto el Antonio como el Norberto siempre erraban el disparo. Yo asistí a varios duelos entre los galgos del pueblo y el matacán y en todos, a excepción del último, salió vencedor el matacán. Al *Sultán*, el galgo del Ponciano, que era blando de pies, le dejaba para el arrastre después de cada carrera, mientras el *Quin*, el galgo de los hermanos Hernando, que agarraba la sarna cada primavera y andaban todo el tiempo untándole de pomada del Perú, rara vez se acercó al matacán más de tres cuerpos. En vista de ello don Benjamín se creyó en el deber de poner su lebrel de Arabia y su caballo Hunter inglés al servicio del pueblo, pues ya empezaba a rumorearse por todas partes que el matacán era el mismísimo diablo, pese a que don Justo del Espíritu Santo nos instaba domingo tras domingo a acorazarnos contra la superstición lo mismo que se acorazaba Ávila tras sus murallas. Así, el día que el Silos, el pastor, cantó la presencia del matacán en el majuelo y don Benjamín con su Hunter inglés y su lebrel de Arabia se puso en movimiento, todo el pueblo marchó tras él. El duelo entre el matacán y el lebrel fue violento. El matacán de salida hizo uno de sus típicos esguinces tras la primera cepa, pero el lebrel, intuyéndolo, le atajó y llegó a tener por un momento el rabo de la liebre entre sus fauces. Luego, en las parras siguientes, el matacán regateó con tanta sabiduría que le sacó dos cuerpos al lebrel. Don Benjamín, galopaba en el Hunter inglés voceando: «¡Hala, hala!», y así llegaron a las pajas del Otero del Cristo y, una vez que comenzó la pendiente, el matacán fue sacándole ventaja al perro hasta que se perdió de vista. Al cabo de un tiempo el lebrel regresó derrotado. Era un perro que desbarraba mucho y como el terreno estaba duro se le pusieron los pies calientes. Durante una semana, don Benjamín le tuvo amarrado, con unos botines de algodón empapados en aceite de enebro y cuando le dio por curado se reunió con el Ponciano, el Antonio y los hermanos Hernando para estudiar la estrategia a seguir en su lucha contra el matacán. La encerrona que le prepararon fue tan alevosa que el Antonio le derribó, al fin, de dos disparos desde su puesto, camino del perdedero, cuando el matacán se había zafado ya del *Sultán*, del *Quin*, del lebrel de Arabia y de la escopeta del Norberto. Al cabo le guisaron en la cantina de Hernando Hernando, pero nadie pudo probar bocado porque el animal tenía un gusto que tiraba para atrás.

13. Un chusco para cada castellano

Conforme lo dicho, las tierras de mi pueblo quedan circunscritas por las de Pozal de la Culebra, Navalejos, Villalube del Pan, Fuentetoba, Malpartida y Molacegos del Trigo. Pozal de la Culebra es la cabeza y allí está el Juzgado, el Registro, la Notaría y la farmacia. Pero sus tierras no por ello son mejores que las nuestras, y el trigo y la cebada hay que sudarles al igual que por aquí. Los tesos, sin embargo, nada tienen que ver con la división administrativa, porque los tesos, como los forúnculos, brotan donde les place y no queda otro remedio que aceptarlos donde están y como son. Y de eso —de tesos— no andamos mal en mi pueblo, pues aparte el páramo de Lahoces, tenemos el Cerro Fortuna, el Otero del Cristo, la Lanzadera, el Cueto Pintao, y la Mesa de los Muertos. Este de la Mesa de los Muertos también tiene sus particularidades y su leyenda. Pero iba a hablar de las tierras de mi pueblo que se dominan, como desde un mirador, desde el Cerro Fortuna. Bien mirado, la vista desde allí es como el mar, un mar gris y violáceo en invierno, un mar verde en primavera, un mar amarillo en verano y un mar ocre en otoño, pero siempre un mar. Y de ese mar, mal que bien, comíamos todos en mi pueblo. Padre decía a menudo: «Castilla no da un chusco para cada castellano», pero en casa comíamos más de un chusco y yo, la verdad por delante, jamás me pregunté, hasta que no me vi allá, quién quedaría sin chusco en mi pueblo. Y no es que Padre fuese rico, pero ya se sabe que el tuerto es el rey en el país de los ciegos y Padre tenía voto de compromisario por aquello de la contribución. Y, a propósito de tuertos, debo aclarar que las argayas de los trigos de mi pueblo son tan fuertes y aguzadas que a partir de mayo se prohíbe a las criaturas salir al campo por temor a que se cieguen. Y esto no es un capricho, supuesto que el Felisín, el chico del Domiciano, perdió un ojo por esta causa y otro tanto le sucedió a la cabra del tío Bolívar. Fuera de esto, mi pueblo no encerraba más peligros que los comunes, pero el más temido por todos era el cielo. El cielo a veces enrasaba y no aparecía una nube en cuatro meses y cuando la nube llegaba, al fin, traía piedra en su vientre y acostaba las mieses. Otras veces, el cielo traía hielo en mayo y los cereales, de no soplar el norte con la aurora que arrastrara la friura, se quemaban sin remedio. Otras veces, el agua era excesiva y los campos se anegaban arrastrando las semillas. Otras, era el sol quien calentaba a destiempo, mucho en marzo, poco en mayo, y las espigas encañaban mal y granaban peor. Incluso una vez, el año de los nublados, el trigo se perdió en la era, ya recogido, porque no hubo día sin agua y la cosecha no secó y no se pudo trillar. Total, que en mi pueblo, en tanto el trigo no estuviera triturado, no se fiaban y se pasaban el día mirando al cielo y haciendo cábalas y recordaban la cosecha del noventa y ocho como una buena cosecha y desde entonces era su referencia y decían: «Este año no cosechamos ni el 50 por 100 que el noventa y ocho». O bien: «Este año la cosecha viene bien, pero no alcanzará ni con mucho a la del noventa y ocho». O bien: «Con coger dos partes de la del noventa y ocho ya podemos darnos por contentos». En suma, en mi pueblo los hombres miran al cielo más que a la tierra, porque aunque a ésta la mimen, la surquen, la levanten, la peinen, la ariquen y la escarden, en definitiva lo que haya de venir vendrá del cielo. Lo que ocurre es que los hombres de mi pueblo afanan para que un buen orden en los elementos atmosféricos no les coja un día desprevenidos; es decir, por un por si acaso. Y allí, en la enorme extensión de tierras que se abarca desde el Cerro Fortuna, silban los alcaravanes en los crepúsculos de junio, celebran sus juicios los cuervos durante el invierno y se asientan en el otoño los bandos nuevos de avutardas, porque en un campo así, tan pelado y desguarnecido, no es cosa fácil sorprenderlas.

14. Grajos y avutardas

En la gran planicie que forman las tierras de mi pueblo, de la parte de Molacegos del Trigo, hay una guerrilla de chopos y olmos enanos, donde al decir del Olimpio celebraban sus juicios los grajos en invierno. El Olimpio aseguraba haberlos visto por dos veces, según salía con la huebra al campo de madrugada. Al decir del Olimpio, los jueces se asentaban sobre las crestas desnudas de los chopos, mientras el reo, rodeado por una nube de grajos, lo hacía sobre las ramas del olmo que queda un poco rezagado según se mira a la izquierda. Al parecer, en tanto duraba el juicio, los cuervos se mantenían en silencio, a excepción de uno que graznaba patéticamente ante el jurado. La escena, según el Olimpio, era tan solemne e inusual que ponía la carne de gallina. Luego, así que el informador concluía, los jueces intercambiaban unos graznidos y, por último, salían de entre las filas de espectadores tres verdugos que ejecutaban al reo a picotazos sin que la víctima ofreciera resistencia. En tanto duraba la ejecución, la algarabía del bando se hacía tan estridente y siniestra que el Olimpio, la primera vez, no pudo resistirlo y regresó con la huebra al pueblo. Cuando el Olimpio contó esta historia, Hernando Hernando dijo que había visto visiones, pero entonces el Olimpio dijo que le acompañáramos y allá fuimos todo el pueblo en procesión hasta el lugar y, en verdad, los grajos andaban entre los terrones, pero así que nos vieron levantaron el vuelo y no quedó uno. Hernando Hernando se echó a reír y le preguntó al Olimpio dónde andaba el muerto y el Olimpio, con toda su sangre fría, dijo que lo habrían enterrado. Lo cierto es que dos años después regresó al pueblo con el mismo cuento y nadie le creyó. Yo era uno de los escépticos, pero, años más tarde, cuando andaba allá afanando, cayó en mis manos un libro de Hyatt Verrill y vi que contaba un caso semejante al del Olimpio y lo registraba con toda seriedad. Sea de ello lo que quiera, los cuervos constituyen una plaga en mi pueblo y de nada vale trancar los palomares durante la sementera una vez que los grajos andan sueltos, porque ya es sabido que allá donde caen estos pajarracos remueven los sembrados y acaban con la simiente.

De la misma llanada que se extiende ante los árboles eran querenciosas, en el otoño, las avutardas una vez los pollos llegaban a igualones. Eran pájaros tan majestuosos y prietos de carnes que tentaban a todos, incluso a los no cazadores, como Padre. Sin embargo, su desconfianza era tan grande que bastaba que uno abandonara el pueblo por el camino de Molacegos del Trigo para que ellas remontasen el vuelo sin aguardar a ver si era hombre o mujer, o si iba armado o desarmado. En cambio, de las caballerías no se espantaban, de forma que en el pueblo empezaron a cazarlas desde una mula, el cazador a horcajadas cubierto con una manta. El sistema dio buenos resultados e incluso Padre, que no disparaba más que la bota durante las cangrejadas de San Vito, cobró una vez un pollo de seis kilos que estaba cebado y tierno como una pava. Pero el pollo ese no fue nada al lado del macho que bajó el Valentín, el secretario, que dio en la báscula trece kilos con cuatrocientos gramos. El Valentín andaba jactancioso de su proeza, hablando con unos y con otros, y decía: «El caso es que no sé si disecarle o hincarle el diente». Don Justo del Espíritu Santo le aconsejaba que le disecara pero el Ponciano abogaba por una merienda en la bodega de la señora Blandina. Así pasaron los días y cuando el Valentín se decidió y, finalmente, reunió a los amigos en la bodega de la señora Blandina y tenía todo dispuesto para asarla, vino un mal olor y el Emiliano dijo: «Alguien se ha ido». Pero nadie se había ido sino que la avutarda estaba podrida y empezaba a oler. Pero al animal no le quedaban más plumas que las del pescuezo y el obispillo y tampoco era cosa de disecarla así.

15. Las Piedras Negras

Próximo a la Pimpollada, sin salirse del páramo, según se camina hacia Navalejos, en la misma línea del tendido, se observa en mi pueblo un fenómeno chocante: lo que llamamos de siempre las Piedras Negras. En realidad, no son negras las piedras, pero comparadas con las calizas, albas y deleznables, que, por lo regular, abundan en la comarca, son negras como la pez. A mí siempre me intrigó el fenómeno de que hubiera allí una veta aislada de piedras de granito que, vista en la distancia —que es como hay que mirar las cosas de mi pueblo— parece un extraño lunar. Allí fue donde me subió mi tío Remigio, el cura, el que fue compañero de seminario de don Justo del Espíritu Santo, en Valladolid, la vez que vino por el pueblo a casar a mi prima Emérita con el veterinario de Malpartida. Yo le dije entonces a bocajarro: «Tío, ¿qué es la vocación?». Y él me respondió: «Una llamada». Y yo le dije: «¿Cómo siente uno esa llamada?». Y él me dijo: «Eso depende». Y yo le dije: «Tengo dieciséis años y nada. ¿Es cosa de desesperar, tío?». Y él me dijo: «Nada de eso; confía en la misericordia de Dios».

Mi tío Remigio era muy nervioso y movía siempre una pierna porque sentía como corrientes y en ocasiones, cuando estaba confesando, tenía que abrir la puerta del confesonario para sacar la pierna y estirarla dos o tres veces. Mi tío Remigio era flaco y anguloso y nada había redondo en su cuerpo fuera de la coronilla y cuando yo le pregunté si se sabía cura desde chico, tardó un rato en contestar y al fin me dijo: «Yo oí la voz del Señor cazando perdices con reclamo, para que lo sepas». Yo me quedé parado, pero, al día siguiente, el tío Re-

migio me dijo: «Vente conmigo a dar un paseo». Y pian pia-
nito nos llegamos a las Piedras Negras. Él se sentó en una de
ellas y yo me quedé de pie, mirándole a la cara fijamente, que
era la manera de hacerle hablar. Entonces él, como si prosi-
guiera una conversación, me dijo: «Yo nunca había cazado
perdices con reclamo y una primavera le dije a Patrocinio, el
guarda: "Patro, tengo ganas de cazar perdices con reclamo".
Y él me dijo: "Aguarda a mayo y salimos con la hembra". Y
yo le dije: "¿La hembra?". Y él me dijo: "Es el celo, entonces, y los machos acuden a la hembra y se pelean por ella". Y
de que llegó mayo subimos y en un periquete, sobre estas mis-
mas piedras, hizo él un tollo con cuatro jaras y nos encerra-
mos los dos en él, yo con la escopeta, vigilando. Y, a poco, él
me dijo: "¿No puedes poner quieta la pierna?". Y yo le dije:
"Son los nervios". Y él me dijo: "Aguántalos, si te sienten no
entran". Y la hembra, enjaulada a veinte pasos de la mirilla,
hacía a cada paso: "Co-re-ché, co-re-ché". Entonces me gus-
taban mucho las mujeres y a veces me decía: "¿Qué puede
hacer uno para librarse de las mujeres?". Y cuando la hembra
ahuecó la voz, Patrocinio me susurró al oído: "Ojo, ya re-
cibe... ¿No puedes poner quieta la pierna?". De frente, a la
derecha de mi campo visual, apareció el macho majestuoso.
Patrocinio me susurró al oído: "¡Tira!". Pero yo apunté y
bajé luego la escopeta. Y me dijo Patrocinio: "¡Tira! ¿A qué
demonios aguardas?". Volví a armarme y apunté cuidadosamente a la pechuga del macho de perdiz. "¡Tira!" volvió a
decirme Patrocinio, pero yo bajé de nuevo la escopeta. "No
puedo; sería como si disparase contra mí mismo". Él entonces me arrebató el arma de las manos, apuntó y disparó, todo
en un segundo. Yo había cerrado los ojos y cuando los abrí el
macho aleteaba impotente a dos pasos de la jaula. Al salir del
tollo me dijo Patrocinio de mal humor: "Esa pierna adelan-

tarías más cortándola". Pero yo sentí náuseas y pensaba: "Ya sé lo que he de hacer para que las mujeres no me dominen". Y así es como me hice religioso».

Yo tenía la boca seca y escuchaba embobado, y al cabo de un rato le dije a mi tío Remigio: «Pero en la jaula era la hembra la que estaba encerrada, tío». A mi tío Remigio le brillaban mucho los ojos, dio dos paraditas al aire y me dijo: «¿Qué más da, hijo? Lo importante es poner pared por medio».

16. La Mesa de los Muertos

A mí, como ya he dicho, siempre me intrigaron las deformidades geológicas y recuerdo que la vez que le pregunté al profesor Bedate por el fenómeno de las Piedras Negras, se puso a hablarme de la época glacial, del ternario y del cuaternario y me dejó como estaba. Es lo mismo que cuando yo le pregunté al Topo, el profesor de Matemáticas, qué era pi y él me contestó que «tres, catorce, dieciséis», como si eso fuera una respuesta. Cuando yo acudí al Topo o al profesor Bedate, lo que quería es que me respondieran en cristiano, pero está visto que los que saben mucho son pozos cerrados y se mueven siempre entre abstracciones. Por eso me libré muy mucho de consultar a nadie por el fenómeno de la Mesa de los Muertos, el extraño teso que se alzaba a medio camino entre mi pueblo y Villalube del Pan. Era una pequeña meseta sin acceso viable, pues sus vertientes, aunque no más altas de seis metros, son sumamente escarpadas. Arriba, la tierra, fuerte y arcillosa, era lisa como la palma de la mano y tan sólo en su lado norte se alzaba, como una pirámide truncada, una especie de hito funerario de tierra apelmazada. En mi pueblo existía una tradición supersticiosa según la cual el que arara aquella tierra cogería cantos en lugar de mies y moriría tan pronto empezara a granar el trigo de los bajos. No obstante, allá por el año seis, cuando yo era aún muy chico, el tío Tadeo le dijo a don Armando, que era librepensador y hacía las veces de alcalde, que si le autorizaba a labrar la Mesa de los Muertos. Don Armando se echó a reír y dijo que ya era hora de que en el pueblo surgiera un hombre y que no sólo podía labrar la Mesa sino que la Mesa era suya. El tío Tadeo hizo una exploración y al concluir el verano se puso a trabajar en una especie de pluma para izar las caballerías a la meseta. Para octubre concluyó su ingenio y tan pronto se presentó el tempero, armó la pluma en el morro y subió las caballerías entre el asombro de todos. La mujer del tío Tadeo, la señora Esperanza, se pasaba los días llorando y, a medida que transcurría el tiempo, se acentuaban sus temores y no podía dormir ni con la tila de Fuentetoba que, al decir de la tía Marcelina, era tan eficaz contra el insomnio que al Gasparín, cuando anduvo en la mili, le tuvieron una semana en el calabozo sólo porque tomó media taza de aquella tila y se quedó dormido en la garita, cuando hacía de centinela. El caso es que, al comenzar la granazón, todos en el pueblo, antes de salir al campo a escardar, se pasaban por la casa del tío Tadeo y le preguntaban a la Esperanza: «¿Cómo anda el Tadeo?». Y ella respondía de malos modos, porque por aquellas fechas estaba ya fuera de sí. Sin embargo, una cosa chocaba en el pueblo, a saber, que don Justo del Espíritu Santo no se pronunciase ni a favor ni en contra de la decisión del tío Tadeo y tan sólo una vez dijo desde el púlpito que no por rodear nuestras tierras de unas murallas tan inexpugnables como las de Ávila sería mayor la cosecha ya que el grano lo enviaba Dios.

El Olimpio y la Macaria creyeron entender que don Justo del Espíritu Santo aludía con ello veladamente a las escarpaduras de la Mesa de los Muertos, pero don Justo del Espíritu Santo no dio nunca más explicaciones. No obstante, el trigo creció, verdegueó, encañó, granó y se secó, sin que el tío Tadeo se resintiera de su buena salud y cuando llegó la hora de segar y el tío Tadeo cargó la pluma con los haces, no faltaba al pie de la Mesa de los Muertos ni el Pechines, el sacristán. Y resultó que las espigas del tío Tadeo eran dobles que las de las tierras bajas, y al año siguiente volvió a sembrar y volvió a recoger espigas como puños, y al siguiente, y al otro, y al otro, y esto, que puede ser normal en otro país, es cosa rara en nuestra comarca, que es tierra de año y vez, y al sembrado, como ya es sabido, sucede el barbecho por aquello de que la tierra tiene también sus exigencias y de cuando en cuando tiene que descansar.

17. El regreso

De allá yo regresé a Madrid en un avión de la SAS, de Madrid a la capital en el Taf, y ya en la capital me advirtieron que desde hacía veinte años había coche de línea a Molacegos y, por lo tanto, no tenía necesidad de llegarme, como antaño, a Pozal de la Culebra. Y parece que no, pero de este modo se ahorra uno dos kilómetros en el coche de San Fernando. Y así que me vi en Molacegos del Trigo, me topé de manos a boca con el Aniano, *el Cosario*, y de que el Aniano me puso la vista encima me dijo: «¿Dónde va el Estudiante?». Y yo le dije: «De regreso. Al pueblo». Y él me dijo: «¿Por tiempo?». Y yo le dije: «Ni lo sé». Y él me dijo entonces: «Ya la echaste larga». Y yo le dije: «Pchs, cuarenta y ocho años». Y él añadió con su servicial docilidad: «Voy a la capital. ¿Te se ofrece algo?». Y yo le dije: «Gracias, Aniano». Y luego, tan pronto cogí el camino, me entró un raro temblor, porque el camino de Molacegos, aunque angosto, estaba regado de asfalto y por un momento me temí que todo por lo que yo había afanado allá se lo hubiera llevado el viento. Y así que pareé mi paso al de un mozo que iba en mi misma dirección le dije casi sin voz: «¿Qué? ¿Llegaron las máquinas?». Él me miró con desconfianza y me dijo: «¿Qué máquinas?». Yo me ofusqué un tanto y le dije: «¡Qué sé yo! La cosechadora, el tractor, el arado de discos...». El mozo rió secamente y me dijo: «Para mercarse un trasto de ésos habría que vender todo el término». Y así que doblamos el recodo vi ascender por la trocha sur del páramo de Lahoces un hombre con una huebra y todo tenía el mismo carácter bíblico de entonces y fui y le dije: «¿No será aquel que sube

Hernando Hernando, el de la cantina?». Y él me dijo: «Su nieto es; el Norberto». Y cuando llegué al pueblo advertí que sólo los hombres habían mudado, pero lo esencial permanecía y si Ponciano era el hijo del Ponciano, y Tadeo el hijo del tío Tadeo, y el Antonio el nieto del Antonio, el arroyo Moradillo continuaba discurriendo por el mismo cauce entre carrizos y espadañas, y en el atajo de la Viuda no eché en falta ni una sola revuelta, y también estaban allí, firmes contra el tiempo, los tres almendros del Ponciano, y los tres almendros del Olimpio, y el chopo del Elicio, y el palomar de la tía Zenona, y el Cerro Fortuna, y el soto de los Encapuchados, y la Pimpollada, y las Piedras Negras, y la Lanzadera por donde bajaban en agosto los perdigones a los rastrojos, y la nogala de la tía Bibiana, y los Enamorados, y la Fuente de la Salud, y el Cerro Pintao, y los Siete Sacramentos, y el Otero del Cristo, y la Cruz de la Sisinia, y el majuelo del tío Saturio, donde encamaba el matacán, y la Mesa de los Muertos. Todo estaba tal y como lo dejé, con el polvillo de la última trilla agarrado aún a los muros de adobe de las casas y a las bardas de los corrales.

Y ya, en casa, las Mellizas dormían juntas en la vieja cama de hierro, y ambas tenían ya el cabello blanco, pero la Clara, que sólo dormía con un ojo, seguía mirándome con el otro, inexpresivo, patéticamente azul. Y al besarlas en la frente se la despertó a la Clara el otro ojo y se cubrió instintivamente el escote con el embozo y me dijo: «¿Quién es usted?». Y yo la sonreí y la dije: «¿Es que no me conoces? El Isidoro». Ella me midió de arriba abajo y, al fin, me dijo: «Estás más viejo». Y yo la dije: «Tú estás más crecida». Y como si nos hubiéramos puesto de acuerdo, los dos rompimos a reír.

La caza de la perdiz roja

—¿Roja, jefe? ¿A qué ton le dice usted roja a la perdiz?

—Se dice roja, ¿no?

En el rostro del Juan Gualberto, el Barbas, se dibuja un gesto socarrón, displicente. Alza los hombros:

—¡Hombre, por decir!

—La perdiz tiene el pico rojo, ¿no?

—A ver.

—Y las patas rojas, ¿no?

—A ver.

—Entonces...

El Juan Gualberto es taimado y sentencioso. Lo era ya veinte años arriba, a raíz de cumplir los cincuenta. El buen perdicero, el perdicero en solitario, reserva la premura para una necesidad. Verbigracia: cuando el bando apeona hacia la ladera y es preciso sorprenderle a la asomada. Por lo demás, el Juan Gualberto, el Barbas, es cauto y cogitabundo; gusta de llamar al pan, pan y al vino, vino.

—Por esa regla de tres lo mismo podría decirle usted roja a la chova de campanario.

—Lo mismo.

Pero el Cazador, que conoce la perdiz pardilla, la perdiz andina y la perdiz nórdica, sabe que ninguna como la patirroja:

—Mire usted, Barbas, para bajar una pardilla o una perdiz cordillerana basta con reportarse.

El Barbas, para aculatar mejor la escopeta, saca el brazo derecho fuera de la americana. Su hombro izquierdo está tazado, deshilachado por el tirón del morral. El Juan Gualberto, el Barbas, lleva más de cincuenta años en el oficio y conoce el ganado y sus trochas y sus querencias. Cuando echa un cacho en el campo se coloca en el cruce de dos caminos, al amparo de un carrasco, porque la liebre, como es sabido, busca el perdedero por las veredas:

—La caza no avisa.

—No avisa; no, señor.

—Ya conoce usted el refrán: al cazador, leña; al leñador, caza.

—Así es.

El Juan Gualberto utiliza una escopeta de gatillos exteriores, mohosa y desajustada, que no vio la grasa desde la guerra de Marruecos. Cuando tira, para extraer el cartucho vacío, introduce por la boca del cañón una ramita seca de fresno a modo de baqueta y empuja hasta que sale. El Juan Gualberto, el Barbas, fuma sin echar humo, fuma una vieja colilla que es en su boca como la lengua, un apéndice inseparable. A veces la prende con un chisquero de mecha, de fuego sin llama y, en esos casos, en torno al Barbas se forma una atmósfera irrespirable, de paja quemada. Pero el Barbas, prende su colilla para dejarla apagar otra vez:

—Es la manera de sacarle el gusto al tabaco, jefe.

El perro del Juan Gualberto, el Barbas, atiende por Sultán, y está viejo y sordo y desdentado como el amo. Es un perrote carniseco y zambo, fruto de un cruce pecaminoso de loba y pastor. Pero aún rastrea y se pica y, si la pieza aguarda, hasta hace una muestra tosca y desangelada, las muestras del Sultán son inevitablemente toscas y desangeladas, pero advierten, sirven, al menos, para que uno se ponga en guardia. Y si la liebre se arranca, ladra y alborota como un podenco.

—¿Qué tiene usted que decir de este perro?

—Nada.

—Por eso —el Barbas mira tiernamente para el bicho—. Al animal sólo le falta hablar.

El Juan Gualberto, el Barbas, para todo encuentra salida y si el Cazador le dice que su perro es viejo, ya se sabe, replicará que los años dan experiencia. Y si el Cazador le dice que nada para Castilla como un perdiguero de Burgos, dirá que los perros de raza son como esos señoritos de escopeta repetidora y botas de me-

dia caña que luego no pegan a un cura en un montón de nieve. Y si el Cazador le dice que su perro ha perdido los vientos, le saldrá con que los vientos únicamente sirven para enloquecer a los perros y levantar las perdices en el quinto pino.

A menudo, el Juan Gualberto, se queda como pensativo, la colilla perdida entre los pelos de la cara, la frente fruncida notablemente bajo la boina pringosa, la misma boina que dejó en el pueblo, allá por el año nueve, para sentar plaza.

—Digo yo que qué tendrá esto de la caza que cuando le agarra a uno, uno acaba siendo esclavo de ella.

—Así es.

—Digo yo, jefe, que esto de la caza tira de uno más fuerte que las mujeres.

—Más fuerte.

—Y más fuerte que el vino.

—Más.

Al Barbas, es punto menos que inútil andarle con altas filosofías. La caza tira de uno porque sí, porque se nace con este sino, como otros nacen para borrachos o para mujeriegos. Para Juan Gualberto, el Barbas, la caza tira de uno y sanseacabó. Al Barbas, es punto menos que inútil mentarle a don José Ortega y Gasset.

—¿Era ese señor una buena escopeta?

—Era una buena pluma.

—¡Bah!

Don José Ortega entendía que mediante la caza todavía el hombre civilizado «puede darse el gusto durante unas horas o unos días de ser paleolítico», es decir, de retornar a un estado provisional de primitivismo. No es una mala razón. Mas aún cabe preguntarse si un ejercicio que requiere tamaño sacrificio queda compensado por el hecho de sentirse paleolítico durante una jornada. El Cazador presume que don José Ortega omitió volver la medalla, es decir, recapacitar en las ventajas del retorno, o sea en la revalorización de las pequeñas cosas, en las satisfacciones que ordinariamente desdeñamos: unas zapatillas, unas alubias calientes, un baño tibio o un brasero de picón de encina. De este modo, la caza se convierte en un doble placer, en un placer de ida y vuelta. Durante seis días de la semana el Cazador se carga de razones para olvidar durante unas horas los convencionalismos de la civilización, la rutina cotidiana, lo previsible. Al séptimo, sale al campo, se satura de oxígeno y libertad, se enfrenta con lo imprevisto, siente la ilusión de crear su propia suerte... pero, al propio tiempo, se fatiga, sufre de sed, padece calor o frío. En una palabra, en una sola jornada, el Cazador se carga de razones para abandonar su experiencia paleolítica, y retornar a su estado de domesticidad confortable.

—Desengáñese, jefe, el torero torea porque tiene sangre torera y el cazador, caza porque tiene sangre cazadora. Esto de la caza nace con uno; se mama. Todo lo demás son cuentos.

El Juan Gualberto mira de frente y al mirar ahonda, le desnuda a uno por dentro y el Cazador titubea. En la frente, bajo la boina, se le dibujan al Juan Gualberto unos surcos profundos, paralelos, como los de la nava, abajo, en derredor del Castillo.

—Madrugar —añade, y escupe, y el escupitajo tiembla unos segundos en la púa de un cardo reseco—. Para el cazador no es sacrificio madrugar. El sacrificio es acostarse la noche del sábado. ¿Es cierto esto, jefe, o no es cierto?

Al Cazador le basta el presentimiento de una perdiz para que en su interior se desate una revulsión psíquica. El Cazador puede asegurar que ni un solo día de caza oyó el despertador. Es él —el Cazador— quien a las seis y media de la mañana —hora que durante el resto de la semana salta sobre él en la total inconsciencia— despierta al despertador oprimiéndole el ombligo para que no alborote. Antes, de doce a seis, el Cazador se ha despertado media docena de veces. Contra esto no hay quien luche.

—Tanto le digo del hambre, el frío o el dolor de pies. ¿Es que le duelen a usted los pies, jefe, cuando se le arranca una perdiz bien recia de entre unas escobas?
—No señor; no duelen.
—¿Y siente frío entonces?
—No, Barbas.
—¿Y siente hambre?
—Tampoco.
El Barbas levanta el dedo índice a la altura de su boina:
—Por eso —dice.
El Juan Gualberto, el Barbas, tiende la noble, profunda mirada sobre la nava apuntada de cereales. Del otro lado, se encadenan los tesos, blancos y desguarnecidos, como una muralla.

En puridad, el Cazador no siente la fatiga o el hambre o el frío sino cuando la ausencia de caza es total; cuando tras horas y horas de patear el monte no salta pieza, ni se observa rastro de ellas, como si ese trozo de mundo hubiese sido previamente arrasado para su propio escarnio. Basta, sin embargo, que una perdiz se arranque en ese instante para que toda molestia se disipe; para que surja, de nuevo, el hombre íntegro y ávido que era el Cazador al iniciarse la jornada. Ante una perdiz que apeona surco arriba o en raudo vuelo hacia el monte, el Cazador se electriza, en fulminante metamorfosis se convierte en hombre-primitivo, se estimulan sus facultades de acecho, mimetismo y simulación. En suma, ante una perdiz que escapa, el Cazador se siente desafiado. Toda una ardua jornada de fatigas e incomodidades no logrará sino enconar el reto. El Cazador no cejará mientras no procure a «su rival» un escarmiento.

—¿Sabe usted, Barbas, lo que decía don José Ortega sobre lo que el cazador siente en el momento de disparar?
El Juan Gualberto se atusa las barbas complacidamente:
—Ese don José —dice— ¿era una buena escopeta?
—Era una buena pluma.
—¡Bah!

Don José Ortega y Gasset, afirmaba que al cazador, en el momento de disparar, le invade una suerte de vacilación compasiva, «como un fondo inquieto de conciencia ante la muerte que va a dar al encantador animal». Empero, el Cazador vacila ante este noble gesto de vacilación que tan generosamente le atribuye don José Ortega en el trance culminante de la caza.

—Déjese de monsergas. Se ve que ese don José no sudó nunca una perdiz por una ladera.
Al subir de precio la munición, el Juan Gualberto empezó a

fabricar los cartuchos en casa. Hacía la pólvora con clorato y azúcar y en vez de perdigón metía pedazos de clavos. El pistón lo recargaba con dos cabezas de cerillas, de forma que al oprimir el gatillo, la explosión demoraba cuatro o cinco segundos. Primero hacía «pssssssss» y cuatro o cinco segundos después retumbaba el disparo. El Juan Gualberto, el Barbas, había de seguir todo ese tiempo la pieza por los puntos de la escopeta si aspiraba a derribarla.

—Aviado iría uno si se le ocurriera vacilar, ¿eh, jefe?

El Cazador confiesa, con un poco de rubor, que nunca vaciló ante una perdiz, entre otras razones porque unos instantes de vacilación ante una perdiz en Castilla bastan para desperdiciar la oportunidad de cobrarla. El Cazador es de natural pacífico y le repugna, por ejemplo, el sacrificio a sangre fría de las aves de corral. El fenómeno natural de la muerte, le trastorna. Pero con la caza es distinto. El Cazador jamás caza a sangre fría. Las perdices se la calientan de inmediato; le basta el primer vuelo, el desafío inicial. Todos los esfuerzos que seguidamente realiza el Cazador van encaminados a abatirla. La persecución, ladera arriba, en agotadora caminata, va avivando en él un instinto de crueldad que llegado el momento decisivo no le permite vacilar sino, si es caso, precipitarse y pensar: «Paga tú por todas». Las perdices no tuvieron compasión del Cazador, le han traído y llevado, le han hecho subir y bajar, literalmente le han extenuado... Sería inconsecuente que en el instante de apretar el gatillo, el Cazador vacilase. La caza origina en el Cazador una segunda naturaleza. Esa hipersensibilidad que muchos seres sentimos ante la agonía de una bestia, se esfuma en el monte. Es más, el cazador menos amigo de las escenas cruen-

83

tas, se siente muy capaz, en plena, ardorosa faena, de cortar el último resuello del animal herido con las propias manos. Horas después, enrolado nuevamente en la vida doméstica, es muy posible que el Cazador vacile en el momento de propinar un palmetazo a una mosca.

—¿Sabe usted lo que me dice la Celsa cada vez que mata el capón allá para Navidad?
—¿Qué le dice?
—Que sujete y no me acobarde; que con las perdices no me ando con tantos miramientos.
—¿Y usted qué hace?
—Ya ve, sujetar, pero cada vez que salta la sangre, créame que me da una vuelta así el estómago; se me hace que voy a devolver.
El Sultán merodea en torno al Barbas. El Juan Gualberto no necesita hablarle al Sultán. Le basta con mirarle. A veces el animal olfatea ansiosamente las tres perdices que penden de la cintura del Barbas y una pluma dorada y gris se alza en el aire transparente del páramo.
El sol declina y la sombra maciza del castillo se proyecta, como un oscuro monstruo, sobre la nava. El Juan Gualberto chupetea la colilla ávidamente, como si, de pronto, le hubieran asaltado las prisas:
—Atienda; cuando la perdiz valía dos reales nadie se tomaba el trabajo de salir al campo por ella. Pero ahora que la perdiz da la peseta, ocurre lo que con el cangrejo: se acaban el primer día.

Hay otras dos razones que ayudarán a explicar el porqué del placer de la caza de la perdiz: la primera, el hecho de que las piezas cuya captura se busca sean, en cierto modo, animales preciados y, segunda, el que la perdiz esté dotada por la naturaleza de unos instintos sutiles y unas dotes físicas que se traducen en una estrategia defensiva verdaderamente admirable. A menudo, en circunstanciales reuniones de cazadores, el Cazador escucha frases como ésta: «A mí tanto me da una perdiz como una urraca; el caso es tirar tiros». Esto es posible, mas también es indudable que el que esto afirme no tiene nada de cazador; será, a lo sumo, un consumado pirotécnico. El Cazador se goza en perseguir a un animal que, sobre saber defenderse, encierra un valor en sí. Esto quiere decir que abatir una perdiz no es lo mismo que abatir un alcaraván; no depara el mismo placer cinegético pese al éxito de ambos disparos. Quedamos, pues, en que únicamente la caza de animales que «sirven para algo» justifica el ejercicio venatorio. Entre cazadores se emplea despectivamente la frase de «ése va por carne» cuando, en realidad, todos, en mayor o menor medida, vamos a por carne. De lo contrario, organizaríamos cacerías de grajos, más abundantes y que por su carácter esquivo, sirven también para ejercitar la puntería. Para el Cazador carece de gracia abatir un animal cinegética y gastronómicamente inútil.

Ahora bien, no basta que la presa sea apetitosa para despertar la satisfacción cinegética; es preciso, además, que el animal sepa defenderse y que no debilitemos esas posibilidades defensivas mediante una estrategia alevosa. La satisfacción que procura derribar desde un *jeep* una perdiz a peón es muy modesta al lado de la satisfacción que depara derribarla tras accidentada persecución por una ladera. El Cazador no ha cazado nunca urogallos durante el celo del macho, pero imagina que la sigilosa aproximación por el bosque, al ritmo del canto amoroso y confiado del animal, buscando el ángulo de tiro más adecuado, podrá ciertamente levantar en un alma cazadora furtivas emociones, pero nunca la pura y decantada emoción venatoria cuya última manifestación, y no por cierto la más importante, es el disparo. A este respecto convendrá advertir que no es mejor cazador quien más afina la puntería; la caza es un proceso muy complejo en el que se conjugan factores más decisivos que el de la simple destreza. De otro modo el tiro al blanco llenaría más cómodamente nuestras exigencias de este orden.

—*Parece como que hablara usted del año veinte, coño.*
—*No es eso, Barbas. No hablo de lo que es sino de lo que debería ser.*
—*Por eso.*
Allá por el año veinte, el Juan Gualberto era un hombre libre, tras un animal libre, sobre una tierra libre. Aún no había subido la munición y el Juan Gualberto compraba cartuchos de pólvora con humo que eran más económicos. Por entonces, el Juan Gualberto no había oído hablar del ojeo. Por entonces, para comer peces todavía era necesario mojarse el culo. Pero aquellos tiempos quedan muy lejos.
—*Antaño las perdices se cazaban con las piernas, ¿es cierto esto, jefe, o no es cierto?*
—*Cierto, Barbas.*
—*Hoy basta con afinar.*
—*Así es.*
—*¿Y sabe quién tuvo la culpa de todo?*
—*¿Quién, Barbas?*
—*Las máquinas.*

—¿Las máquinas?

—Atienda, jefe, las máquinas nos han acostumbrado a tener lo que queremos en el momento en que lo queremos. Los hombres ya no sabemos aguardar.

—Puede ser.

—¿Puede ser? El hombre de hoy ni espera, ni suda. No sabe aguardar ni sabe sudar. ¿Por qué cree usted que va hoy tanta gente al fútbol ese?

El Cazador se encoge de hombros.

—Porque en la pradera hay veintidós muchachos que sudan por ellos. El que los ve, con el cigarro en la boca, se piensa que también él hace un ejercicio saludable. ¿Es cierto o no es cierto?

—No lo sé, Barbas.

El Juan Gualberto consiguió su primera escopeta cuando era aún un rapaz. Se la cambió al Cirilo, el sacristán, por un reloj de bolsillo que se paraba cada dos horas. A los veinte minutos del trueque, el Juan Gualberto, que era aún un rapaz, se llegó donde el Cirilo y le dijo para cubrirse: «Cirilo, para que no me viera mi madre con la escopeta la tiré por encima las bardas del corral y con el golpe se ha marrotado toda». El Cirilo, el sacristán, rompió a reír. «Peor para ti —le dijo—. Nadie te mandó ser tan bruto». Pero al día siguiente, el Cirilo buscó al Juan Gualberto y le dijo: «Oye, tú, ¿sabes que tu reloj se para cada dos horas?». El Juan Gualberto puso cara de inocente. «Bueno —dijo—. Al fin y al cabo ahora estamos iguales».

El Juan Gualberto se enmaraña las barbas con sus dedos nerviosos. Añade:

—Los hombres de hoy ni saben aguardar ni saben sudar, se lo digo yo. Por eso se inventaron el ojeo. Antes la perdiz se cazaba con las narices del perro y las piernas del cazador. Sólo ahora se matan con escopeta. Pero yo digo, jefe, cuando el hombre tiene que esconderse para hacer una cosa, es que esa cosa que hace no está bien hecha.

La nava se incendia con el último sol de noviembre y la sombra negra del castillo gatea por el sembrado y alcanza ya casi las faldas peladas de los cerros de enfrente. El sol muerde la línea de las colinas y parece ensancharse e inflamarse. El Barbas apunta el inmenso globo incandescente con su dedo grande y áspero.

—Se hincha cuando se acuesta, como las gallinas.

—Sí.

El Juan Gualberto se pasa los dedos por las barbas, y se rasca con un ruido como de rastrojos hollados:

—Desengáñese —dice— los hombres de hoy ya no tienen paciencia. Si quieren ir a América agarran el avión y se plantan en América en menos tiempo del que yo tardo en aparejar el macho para ir a Villagina. Y yo digo, si van con estas prisas ¿cómo coños van a tener paciencia para buscar la perdiz, levantarla, cansarla y matarla luego, después de comerse un taco tranquilamente a la abrigada charlando de esto y de lo otro? Y no es aquello de que lo hagan los señoritos. Los señoritos empezaron con ello pero el mal ejemplo cunde y hoy, como yo digo, todo cristo caza al ojeo.

En principio el ojeo requería para sus practicantes una holgura económica que hoy no es necesaria, al menos para su sucedáneo, el ganchito. Sin duda, el ojeo mediante una dilatada cuadrilla de ojeadores, con banderolas, cuerno de avisos, pantallas, secretarios y caballerías en los costados, continúa siendo un deporte aristocrático. Pero de hecho, el ojeo, en su versión popular, el ganchito, puede practicarse hoy con cuatro perras gordas; son suficientes cinco chavales —los primogénitos de las escopetas— para que el acoso de los pájaros hacia la línea de fuego se produzca. El caso es alterar la esencia misma de la caza y que en lugar de buscar la pieza con un gasto personal de energías, sea la pieza la que se desgaste buscándonos a nosotros, sus matadores. De este modo la caza se convierte en un deporte pasivo; en un ejercicio de tiro aséptico y sin sorpresa.

—*Luego le vendrán a usted con que no se matan más perdices al ojeo que cazando a rabo. ¡Mentira podrida! Precisamente anteanoche, me leía don Ctesifonte, el maestro, una entrevista con uno de esos señorones de postín, que se ufanaba de haber cobrado quinientas perdices en una sola cacería. ¿Cree usted que ese señor moviendo las pantorrillas y con el perro al lado puede hacer una carnicería semejante en una ladera que yo me sé?*
—*No es fácil, Barbas.*
—*Bueno, pues don Ctesifonte dale con que a esos señores que nos visitan, políticos o lo que sean, hay que entretenerles de alguna manera. Pero lo que yo me digo, si lo que esos señores quieren es matar el rato, que les suelten cuatro pichones en una pradera y todos contentos.*

El morral del Juan Gualberto, deshinchado como un globo deshinchado, ofrece un aspecto desolador.
—*Y lo que pasa. Liebres no quedan, ¿de qué? Y de las perdices no se fíe usted mucho. Ya ve, sin ir más lejos, en Villagina, el año pasado. De que se abre la veda, se planta allí un autobús con treinta escopetas: veinte delante y diez de retranca. Bien. Van y contratan veinte mozos del pueblo. Ojeo va, ojeo viene, las que no mataban los unos, las mataban los otros. ¿Qué cree usted que quedó allí al cabo de tres días? Si levanto los cinco dedos de la mano tenga usted por seguro que exagero. ¿Sabía usted, jefe, que ahora a los extranjeros les da por venir a divertirse a España matando nuestras perdices?*

—Necesitamos divisas, Barbas.

La frente del Juan Gualberto se pliega como el fuelle de un acordeón, como su morral, como la nava abajo ya medio adormecida.

—Déjese de coplas. Por lo que dice don Ctesifonte, la vida en España para los únicos que está cara es para los españoles. ¿No es hora de que la pongamos también cara para los extranjeros esos que vienen por nuestras perdices? Y si no, vea usted mismo lo que pasó con los toros.

—¿Qué pasó con los toros, Barbas?

—No se haga de nuevas. Los extranjeros esos se metieron en las plazas de toros por ver cómo nos divertíamos los españoles. Sólo por eso. Pero todo les chocaba tanto que a los españoles que aún iban a los toros les divertía más que la fiesta ver las caras que ponían los turistas esos. Y como ellos venían con la bolsa bien repleta, pues nada, que los toros empezaron a subir de precio y se pusieron por las nubes. Y un día los extranjeros esos dijeron: «Bueno, ya está; ya sabemos cómo se divierten los españoles». Y dejaron de ir a la plaza. ¿Y qué cree usted que pasó entonces?

—¿Qué, Barbas?

—Pues pasó que los precios ya no bajaron. Pero los españoles no podíamos subir a los precios. Y las plazas, pues eso, se quedan, desde entonces, medio vacías.

El Juan Gualberto hace una pausa. Mecánicamente se acaricia la barba y tiende la mirada por la nava oscurecida. En el páramo reina el silencio. De pronto, sobre el montículo de tomillos, un macho da el «co-re-ché». El Barbas ladea la cabeza:

—Mire donde anda la zorra de ella.

El caso es que la perdiz roja se ha puesto de moda en el mundo. El hecho tendría una importancia relativa si esta especie se diera en todas partes. Pero si concluimos que la pa-tirroja común apenas pervive —malvive— en limitadas zonas de Francia y en la Península Ibérica, es muy comprensible que los españoles pongamos un apasionado fervor en conser-varla. El Cazador no llega a aquello de decir que lo que haya en España deba ser para los españoles —entre otras razones porque la gran tirana del siglo XX, la divisa, también reclama sus fueros— pero sí que los españoles debemos ser los privile-giados en su disfrute, de forma que las trabas que el extran-jero encuentre para hacerse con una perdiz española sean al menos parejas con las que encuentra un español, digamos, para hacerse con un Volkswagen.

—*Don José Ortega decía que la caza se justifica en razón de su escasez, Barbas. ¿Qué le parece?*

El Juan Gualberto mira al Cazador esquinadamente, casi torvamente:

—*A saber con qué se come eso.*

—*Barbas, don José Ortega quería decir que si las perdices se nos metieran en casa por la ventana, no nos molestaríamos en ca-zarlas.*

Los pardos ojos del Juan Gualberto se han vuelto escép-ticos:

—*Ese don José —dice— ¿era por un casual una buena esco-peta?*

—*Era una buena pluma.*

—*¡Bah!*

Según Ortega, la suprema razón que explica el hecho de que en el mundo se cace es que hay y ha habido siempre poca caza. En efecto, la superabundancia de piezas ocasionaría, en seguida, saciedad y hastío. El confitero no come caramelos ni paladea el farmacéutico pastillas para la tos. No obstante, el Cazador debe aclarar que no caza por el hecho de que haya pocas piezas, sino instigado por la esperanza, repetida cada jornada, de que por una vez se quiebre la racha de escasez. No hay cazador que al salir al campo no piense en hacer una buena percha. Luego viene el tío Paco con la rebaja y un día tras otro, el Cazador ha de regresar con las orejas gachas. Porque con la caza sucede como con todo, que el forastero jamás encuentra lo que busca en su fase de mayor abundancia o plenitud. Si el Cazador interroga a un pastor o a un campesino, le dirá que «para perdices, el año pasado» y «para liebres cuando la guerra». Es presumible, sin embargo, que si el Cazador hubiese subido al mismo páramo «el año pasado» o «cuando la guerra» no hubiera encontrado allí mayor abundancia de perdices o de liebres. Pero, pese a todo, el Cazador no abdica porque cada vez espera que se repita la eventualidad de «el año pasado» o de «cuando la guerra». En toda cacería hay un momento propicio, a veces unos minutos, que hay que aprovechar para poblar la percha y llenar el zurrón. Éste es un fenómeno no sometido a una causalidad definida pero que habrá comprobado todo el que sea cazador. Mas luego, acontece que, como con la guerra, el Cazador, en su tertulia, hace tabla rasa de las horas amargas que pasó en el monte sin ver pieza y, por contra, reconstruye, amorosa y morosamente, los instantes más gloriosos de cada cacería. El Cazador no quiere recordar los malos tragos; es un desmemoriado consciente. Al igual que el hombre enamorado, se oculta los defectos del objeto de su pasión y sobrestima sus virtudes. De aquí que para el Cazador, el momento más feliz de toda cacería esté fuera de la cacería, es decir en ese momento en que concluidos los preparativos se dispone a partir y presiente ante sí una jornada afortunada, diáfana e inacabable.

—*Mire, y perdone si le ofendo, jefe, pero a ustedes, los que escriben, siempre les gustó enredar las cosas. En mi pueblo, desde chico oí decir que valen más las vísperas que las fiestas. ¿No es eso lo que usted quiere decir?*

—*Algo parecido a eso, Barbas.*

—*Pues podía ahorrarse tanto rodeo. En cuanto al señor Ortega ese, si lo que le gusta es que haya poca caza que aguarde un poco. A la vuelta de diez años no van a quedar aquí ni tampoco media docena de perdices resabiadas. Se lo dice el Juan Gualberto.*

—*¿Por el ojeo, Barbas?*

—*Por el ojeo y por lo que no es ojeo.*

El Juan Gualberto se acoda enfurruñado en las rodillas y sus pupilas se ensombrecen. Tras las colinas, allí donde se ha puesto el sol, el cielo toma un color encendido, rojo escarlata. Del tomillar llega otra vez la llamada del macho de perdiz. Por el cielo cruza, muy alto y bullicioso, un bando de calandrias que suben a acostarse entre los rastrojos del páramo.

El tono de voz del Juan Gualberto se hace confidencial.

—*¿Quiere usted saber las perdices que se apiolan en este término con el reclamo de marzo a junio?*

—*¿Cuántas?*

—*Si le digo que un ciento de parejas seguramente me quede corto.*

—*¡Qué barbaridad!*

—*Qué barbaridad, eso digo yo, qué barbaridad. Y lo que yo me digo, eso del reclamo es como si a usted el día de la boda le aguarda el antiguo novio de su mujer con un trabuco detrás de la cortina. ¿Es eso caza, jefe?*

Las barbas del Juan Gualberto, veinte años atrás, eran unas barbas macizas y negras, rígidas como las púas del erizo. Hoy, las barbas del Juan Gualberto son ralas y blancas, aceitadas como el pelo del castor. Él las acaricia con fruición, sin advertir la metamorfosis. Chupa, ahora, de la colilla como si en ello le fuera la vida. Luego mueve la cabeza de un lado a otro como con desesperanza:

—Mal camino, créame. Hágase cuenta además de que las licencias que ayer eran diez, son hoy mil y que con los automóviles y las motos y los «jepes» esos no queda mato por registrar. ¿Dónde se va a meter la perdiz?

El Cazador piensa que si las actuales condiciones se prolongan, la perdiz española va a pasarlo muy mal. El campo se domestica, la destrucción de nidos queda impune, la caza de polladas a caballo en agosto y septiembre es un ejercicio normalmente aceptado, la matanza de perdices en la temporada de codorniz es un episodio cinegético sin importancia, los alaristas y lancheros actúan con la venia oficial...

—¿Tenía usted noticia, jefe, de que en Belver de los Montes agarraron quinientas parejas vivas para los americanos esos? Bueno, pues por si fuera poco, el lacero estaba autorizado a quedarse con las estranguladas. Imagine; en todo el término no se ha vuelto a ver un pájaro. Y va para cinco años.

El Juan Gualberto se incorpora y se echa las manos a los riñones. Las tres perdices muertas se balancean en su cintura. El Sultán da dos vueltas en torno suyo observando sus movimientos.

El Juan Gualberto se estira poco a poco pero no llega a hacerlo del todo. Sus setenta años le pesan en las paletillas. El crepúsculo es quedo y transparente. Abajo, en la nava, las chimeneas de las casitas de adobe alientan ya en torno al castillo.

—Se nota el relente. Vamos bajando.

El Juan Gualberto y el Cazador toman un camino de herradura. La escarcha empieza a rebrillar en las rodadas. De vez en cuando, el Barbas se detiene:

—Si lo que quiere su amigo, el señor Ortega ese, es que haya poca caza, que aguarde de aquí a diez años. Para entonces todo escoñado. Y si no, al tiempo.

El Juan Gualberto, el Barbas, camina un poco encorvado, la escopeta colgada de un raído portafusil, pero sus zancadas son firmes, de una decadente pero bien llevada dignidad. La escarcha desciende mansa, calladamente sobre el páramo y de vez en cuando crepita levemente el rastrojo. En la punta de la nariz del Juan Gualberto empieza a formarse una gotita minúscula, transparente, que, al cobrar volumen, rueda entre sus bigotes, como una gota de rocío.

—Digo, Barbas, que aún los cotos pueden salvar la perdiz.

El Juan Gualberto escupe recio, sin detenerse. El Juan Gualberto, escupe por el hueco que le queda junto al colmillo izquierdo, en el maxilar superior. El Cazador no sabe aún lo que el escupitajo del Juan Gualberto entre los relejes helados quiere decir. El Sultán, sin embargo, olfatea obstinadamente en el barro, allí donde el escupitajo del amo ha hecho blanco.

—Los cotos ¿sabe lo que piensa un servidor de los cotos?

—¿Qué, Barbas?

—Que no me disgustarían si el Juan Gualberto pudiera entrar en ellos.

El camino alcanza el borde de la vaguada y abajo parpadean tímidamente las cuatro bombillas del pueblo.

—Mire usted, jefe, en los cotos cría tan ricamente la perdiz, cierto. Pero las cuatro que crían fuera también se meten en ellos de que suenan cuatro tiros. ¿Puede decirme qué saca en limpio, con los cotos esos, el Juan Gualberto?

El ideal cinegético es incontestablemente el ejercicio de la caza en libertad: hombre libre, sobre tierra libre, contra pieza libre. Y así fue como la caza se ejercitó en los primeros tiempos de la Historia. Pero aquella época era otra época. El hombre cazaba para alimentarse pero también para defenderse. El hombre, centrado en una naturaleza hostil, estaba en condiciones de inferioridad con sus armas rudimentarias. Mas las circunstancias fueron cambiando. Los hombres se extendieron, progresaron, dominaron la tierra. Al arco sucedió **el fusil, y a la naturaleza abrupta y hosca sucedió el campo** productivo, la tierra domesticada. Al propio tiempo que el hombre se multiplicaba, la caza disminuía y ante tal contingencia, fueron surgiendo las trabas y cortapisas. La caza empezó a dejar de ser un hecho natural y pasó a ser un hecho reglamentado. El hombre perdía su libertad, es decir, debía someter su impulso cinegético a un control personal y a un límite de tiempo. La naturaleza dejaba de ser libre y aparecieron los cotos y los vedados. El animal dejaba, asimismo, de ser libre desde el momento en que su acoso se sujetaba a un límite de tiempo y lugar y su multiplicación se activaba artificialmente. En una palabra, surgió la Ley con sus papeles para evitar que en este duelo hombre-animal, tan viejo como el mundo, este último terminara por extinguirse y, con ello, el hombre-cazador pasara a ser un recuerdo histórico.

—*Pues yo digo, Barbas, que de no ser por los cotos, a la perdiz ya podíamos cantarla un réquiem. Y de la liebre, mejor es no hablar.*

Las perdices que cuelgan de la cintura del Barbas se bambolean y, a cada paso, sacuden su trasero enjuto. La gota que se desbordó por sus bigotes se ha fraccionado en minúsculas partículas y sus pelos brillan ahora como los tallos truncados de los rastrojos.

—*Ése es otro cantar, jefe. Pero yo digo, el terreno libre nunca debe ser más chico que los vedados. Y al paso que vamos el Juan Gualberto tendrá que cazar en el tejado de su casa. ¿Es cierto esto o no es cierto?*

El proceso de la caza ha culminado en nuestro tiempo con la democratización de este deporte. En las edades pasadas se reservaba la caza para el señor. El señor —o lo que se entendía por tal— dedicaba sus ocios a la caza para conservarse en forma para la guerra. El plebeyo, entonces, no era sino un morralero. Hoy, la caza se ha popularizado. Esto no quita para que continúe habiendo cacerías más o menos aristocráticas, pero el derecho de cazar debe ser defendido y protegido no sólo pensando en aquéllos sino en el último peón de la jerarquía social. La hora de los privilegios está agonizando y todos debemos esforzarnos para que sea lo más breve posible.

El Cazador debe anticipar que al hablar de abolir privilegios no aboga por una proscripción sistemática de cotos y vedados, sino porque la extensión de éstos sea suficiente para facilitar la procreación de las especies, pero no tan dilatados que conviertan el derecho del pueblo para ejercitar la caza en una quimera.

—¿*Quiere saber usted qué haría yo si fuera Franco algún día?*

—¿*Qué, Barbas?*

El Juan Gualberto se pasa por los bigotes el envés de la mano y con un rápido ademán apaga las puntitas incandescentes de sus pelos.

—*Pues mire usted, si yo fuera Franco algún día, pondría un coto aquí y otro allá. Pero cotos de verdad, ¿comprende? Unos cotos cerrados para todos, con una guardería fina, donde no se diera entrada ni al Espíritu Santo. Así la caza criaría desahogada y todos contentos; los pobres y los ricos.*

Tras la pelada muralla de los tesos, asoma un cuerno la luna. Es una luna anaranjada, friolenta, que imprime forma y consistencia a la bruma que sube del arroyo.

El goce más completo para el cazador estriba en derribar una perdiz en terreno de nadie. Los cotos, dígase lo que se quiera, dejan siempre un poso de amargura. Aquellas piezas, tal vez cobradas en abundancia, «son de alguien», «tienen un dueño», no son enteramente silvestres. Quiérase o no, el coto emana un tufo de privilegio y lo que uno haga dentro de él, es fruto de una concesión. Por otra parte, y como consecuencia de esto, la pieza de coto trasciende domesticidad, se le antoja al cazador enervada y vacilante; carece, en resumen, de la estupenda bravura, pongo por caso, de la perdiz de ladera, rodeada de mil peligros, ágil y nerviosa, siempre al acecho.

—*Además...*

—¿*Es que hay más, Barbas?*

—*Aguarde. Luego traería a los extranjeros esos para exter-*

minar las alimañas. Ellos lo pasarían en grande y nosotros agra-
decidos. ¿Sabe usted que un águila con crías necesita por lo bajo
tres perdices diarias o liebre y media para alimentarlas? No le
digo nada del turón, la urraca o el raposo. Ésos no se sacian
nunca de comer.

—Pero, Barbas...

—Aguarde, jefe, aún no he concluido. Luego diría, los furti-
vos a la cárcel; el que mate una perdiz en veda, fuera la escopeta y
fuera la licencia. Y si quiere seguir cazando que las corra a pie.
¿Cree usted que si la guardería empezase a retirar licencias estas
cosas se iban a repetir? Ya ve usted, sin ir más lejos, este año en
Villagina, los cazadores del pueblo, de que se abrió la codorniz,
dale con la perdiz hasta que acabaron con ella. Y yo le decía al
Mamerto: «¿Es que estáis locos, Mamerto?». Y el Mamerto de-
cía: «Más vale así que no que nos las maten los de fuera». A ver,
ellos se recordaban de lo del autobús ese y se comprende.

El Juan Gualberto parte un dedo con otro dedo y concluye:

—Perdices así se cogieron en agosto en Villagina. Ni lo que
un gurriato abultaban, que hasta mentira parece.

La noche se ha echado del todo y cuando el Barbas calla, se
sienten las pisadas sobre los relejes helados. La luna levanta con
prisas, como si quisiera terminar cuanto antes su recorrido. El
Cazador olfatea ya el aroma a paja quemada y el Sultán ini-
cia un trotecillo camino adelante hasta que se pierde en la oscu-
ridad.

—Déjese estar, Barbas, la perdiz es dura.

—¡Coño, jefe, duro es el hierro y se mella! Y, si no, mire los
caños de mi escopeta.

Las callejas del pueblo, con los relejes hinchados, bordeados
de estiércol, están desiertas y silenciosas. En la esquina, la taberna
de la señora Elisea, bulle de animación y cada vez que se abre la
puerta, las palabras calientes forman un vaho dulce y confortador

*en la noche. A mano derecha, pegando a la iglesia, está la casa
del Barbas. Es una casita molinera, de adobe, con dos pequeñas
ventanas y la boquera de la cuadra al lado.* El Juan Gualberto,
el Barbas, *se recuesta en el dintel antes de entrar.*

—*Aún nos queda un consuelo, Barbas. ¿Sabe usted que en
algunas granjas están criando perdices como quien cría gallinas?*

*El Juan Gualberto escupe con fuerza, con despecho, con una
mal reprimida irritación.*

—*¡Perdices de gallinero! ¡Lo que nos faltaba! ¿Es que cree
usted que la perdiz de una ladera que yo me sé puede fabricarse en
casa?*

—*Dicen que se aclimatan bien, Barbas.*

—*Se aclimatan, se aclimatan... Por ahí terminaremos. Por
matar gallinas y patos de corral, eso. ¡Eso es lo que nos aguarda
si Dios no pone remedio!*

*Del baile —una cuadra encalada— frente a la taberna de la
señora Elisea, llega una musiquita un si es no es triste y como
abortada. Por encima de ella retumba, de pronto, la voz de la
Celsa, una voz áspera, gastada, que se amplifica en el desnudo zaguán y rebota en la calleja oscura:*

—*¡Juan Gualberto! Es que te has dormido ¿di?*

*El Juan Gualberto mueve la cabeza de un lado a otro parsi-
moniosamente. Mira de frente al cazador y señala la puerta con el
pulgar:*

—*Ellas no se acostumbran. Tienen celos siempre.*

—*Ya.*

*El Juan Gualberto, el Barbas, se descuelga la escopeta y la
toma del guardamanos. Se queda unos instantes quieto, como pensativo:*

—*¿Sabe usted qué me decía ella, la Celsa, allá por el año
diez a poco de casarnos?*

—*¿Qué, Barbas?*

100

El Juan Gualberto sonríe resignadamente; levanta la mano izquierda y toca con ella el hombro del Cazador:

—Oiga, jefe, no lo va usted a creer, pero de que ella, la Celsa, me veía así, con la canana a la cintura y el morral a las espaldas, se me ponía blanca como la cera y me decía: «¿Otra vez? Pero ¿puede saberse qué tienen las perdices que no tenga yo?».

El Barbas cabecea de nuevo sin dejar de sonreír. Se inclina sobre la hoja inferior de la puerta y descorre el cerrojo. Al cabo, se vuelve:

—Y bien pensado —dice— no le faltaba razón. ¿Quiere usted decirme, jefe, qué tienen las perdices que no tengan ellas?

—Hombre, Barbas...

El Juan Gualberto empuja la media hoja de la puerta y ya en el oscuro zaguán se toca con un dedo el vuelo de la boina y dice formulariamente:

—Con Dios.

Índice